Ben Kuipers • Auf einmal ist alles anders

OMNIBUS

DER AUTOR

Ben Kuipers wurde 1944 geboren. Er studierte Psychologie und schlug dann die Journalistenlaufbahn ein. Heute schreibt er unter anderem für die Zeitschrift »Margriet« und für die Kinderserie »Sesamstraße«. Er lebt mit seiner Frau und seinen zwei Kindern in Nijmegen/Niederlande.

Ben Kuipers

Auf einmal ist alles anders

Aus dem Niederländischen
von Mirjam Pressler

OMNIBUS

OMNIBUS

Band 20250

Der Taschenbuchverlag
für Kinder und Jugendliche
von C. Bertelsmann,
München

Umwelthinweis:
Dieses Buch wurde auf chlorfrei gebleichtem
Papier gedruckt.

Genehmigte Taschenbuchausgabe Juni 1998
Gesetzt nach den Regeln der Rechtschreibreform

Die niederländische Originalausgabe erschien 1993 unter
dem Titel »Allemachtig, wat zijn de meiden prachtig«
bei Sjaloom, Amsterdam

Übersetzung: Mirjam Pressler
Umschlagbild: Eugen U. Fleckenstein
Umschlagkonzeption: Klaus Renner
kk · Herstellung: Stefan Hansen
Satz: Uhl + Massopust, Aalen
Druck: Presse-Druck Augsburg
ISBN 3-570-20250-X
Printed in Germany

10 9 8 7 6 5 4 3 2 1

Frühling

Das Frühjahr hatte Hals über Kopf begonnen, als habe es nach Kälte und grauer Nässe viel nachzuholen. Es war sofort ein Wetter wie im Hochsommer.

Auch für Martje hatte der Frühling begonnen. Sie trug nicht mehr einen ihrer langen Schlabberpullis, sondern einen langen, weiten Kittel. Ihre Schultasche band sie hinten auf das Fahrrad, als Frits sie wie gewohnt abholte.

»Hast du für Chemie gelernt?«, fragte er. Das war eher eine Begrüßungsformel als eine Frage. Natürlich hatte Martje sich für die Chemiearbeit vorbereitet, ebenso wie Frits selbst. Daher gab sie ihm auch keine Antwort, sondern begrüßte ihn mit einem Lachen.

»Wer hat verstimmt auf dieses schöne Wetter reagiert?«, fragte Martje, als sie nebeneinander radelten.

»Keine Ahnung.«

»Meine Geige natürlich. Die musste ich heute Morgen stimmen, bevor ich spielen konnte.«

Frits grinste. Wer anders als Martje sprach über ihr Musikinstrument wie über eine Person?

Martje redete weiter. Über den Treibhauseffekt. Und dass ein plötzlicher heißer Tag absolut kein Beweis für die Existenz dieses Effekts sei.

Sie hatte Recht. Doch nicht allein deshalb antwortete Frits nur mit »Hmm« und »Ja«. Frits sah etwas, das ihm vorher noch nie aufgefallen war: Wie viel mehr Farben die Welt hat, wenn die Sonne endlich scheint.

Das hätte er Martje gerne gesagt, wenn es nicht noch etwas anderes gegeben hätte, was ihm nie zuvor aufgefallen war: Wie nackt Arme sind, wenn sie aus kurzen Ärmeln kommen. Vor allem die Arme eines Rad fahrenden Mädchens. Und ihre Beine erst! Wie lang die sind, wenn sie unter einem Rock hervorkommen und die Pedale drehen. So lange Beine hatte er noch nie gesehen.

Deshalb sagte Frits nur »Hmm« und »Ja«, während Martje redete.

Als sie plötzlich fragte: »Sag mal, hast du was?«, sagte er schnell: »Nein, wieso denn?« Nur gut, dass er in diesem Moment zugehört hatte. »Hmm« oder »Ja« hätte sich komisch angehört.

Kurz vor der Schule waren Frits und Martje auf einmal von einer Horde Radfahrer umgeben. Ohne besondere Eile fuhren alle vor sich hin. Vor Frits, neben Frits – überall waren nackte Arme und Beine. Hinter ihm, das wusste er, waren noch mehr nackte Arme und Beine, auf die die Sonne schien und über die der laue Wind strich. Frits hatte das Gefühl, als habe er neue Augen bekommen, als sähe er die Dinge zum ersten Mal. Er verstand es selbst nicht, aber es war nicht schlimm, wirklich nicht. Nichts fand Frits schlimm, als er so sorglos in der Sonne fuhr. Er fuhr sogar freihändig.

Wie es kam, wusste später niemand mehr, doch plötzlich stürzte ein Teil der Radfahrer um.

Frits fühlte ein Fahrrad unter sich, das hart in seinen Rücken drückte. Er fühlte einen Körper auf sich, einen weichen Körper. Er hob die Augen. Es war ein Mädchen.

Sie war auch in der Neunten, einer Parallelklasse. Und plötzlich entdeckte er, wo sich seine Hände befanden. Er zog sie so schnell zurück, als hätte er sich verbrannt.

Anja! Seltsam, plötzlich wusste Frits, wie sie hieß. Auf Anja lag ein Fahrrad, entdeckte er. Ein Rad drehte sich. Mit viel Lärm und Getue wurde die Ordnung wiederhergestellt. – Arme und Beine, Lenker und Räder sortiert.

»He, du kannst gefälligst auch was tun!« Martje machte eine Kopfbewegung zu Frits' Schultasche hinüber, die auf der Straße lag. Martje selbst bemühte sich, die Lenkradstange von Frits' Rad gerade zu biegen. Ihr eigenes hatte sie an einen Baum gelehnt. Offenbar war sie an dem allgemeinen Sturz nicht beteiligt gewesen.

Mit anpacken? Frits hatte die Hände gerade tief in die Hosentasche gesteckt. Ihm war, als erinnerten sie sich noch daran, wie weich und voll Anjas Brüste sich angefühlt hatten.

»Jetzt komm schon, tu endlich was.« Martje wurde ungeduldig.

Also nahm Frits seine Hände aus den Hosentaschen. Und wieder sah er Arme und wieder sah er Beine. Er holte tief Luft und hielt seine Hände in die Sonne.

»Ist alles in Ordnung?«, fragte Martje beunruhigt.

»Ja, klar.«

Plötzlich war es Frühling und alles schien sich verändert zu haben. Frits verstand selbst nicht, wie das kam.

Alles wissen

»Hoefnagels, gerade stehen!«

Martjes Schultern schieben sich tatsächlich etwas zurück. Das sieht Frits.

»So«, ruft Tarzan. »Heute will ich euch an den Ringen sausen sehen.«

Frits seufzt. Letztes Jahr, mit dem alten Herrn Rovers, war Turnen leicht zu schaffen. Doch mit diesem fanatischen Tarzan ist es einfach schrecklich.

»Probleme, Kamerling?«, erkundigt sich Tarzan. »Bist du jetzt schon so müde, Junge, dass du gleich stöhnen musst?«

Frits hat gar nicht gemerkt, dass er so laut geseufzt hat.

»Gerade für dich, Kamerling, sind körperliche Betätigungen von großer Bedeutung. Wirklich, es ist schön, dass du in allen Fächern gute Noten hast, aber ein gesunder Geist gehört in einen gesunden Körper. Das haben schon die alten Römer gesagt. Gut, gehen wir heute also an die Ringe …«

Frits meldet sich.

»Was ist denn nun schon wieder, Kamerling?«

»Sie haben das Zitat falsch verwendet. Es ist ein Satz des Dichters Juvenal und er meinte damit nicht, dass die Leute mehr Sport treiben sollten. Im Gegenteil, es war eine Warnung vor zu viel Sport. Ein gesunder Körper sei gut, aber man sollte nicht vergessen, dass in den Körper ein gesunder Geist gehöre.«

»Red keinen Quatsch, Kamerling«, schnauzt Tarzan. »Also an die Ringe. Und ...«

»Ich rede keinen Quatsch«, sagt Frits böse. »Es gibt sehr viele Sprüche, die ständig falsch zitiert werden: Ihr Sinn wird in das Gegenteil verkehrt. Letzte Woche habe ich zufällig ein Buch darüber gelesen. Da kommt man aus dem Staunen nicht mehr raus. Wissen Sie, was auch immer falsch verwendet wird? East is east and west is west.«

»He, den Spruch kenne ich«, sagt Hein. »Das heißt, dass die Menschen aus dem Osten und die aus dem Westen so verschieden sind, dass sie einander nie verstehen können.«

»Eben nicht!«, ruft Frits.

»Jetzt reicht's aber!«, brüllt Tarzan.

»Nein?«, fragt Hein erstaunt.

»Bist du scharf auf Schwierigkeiten, Hein?«, fragt Tarzan drohend. Hein ist für ihn einer der wenigen Vornamen in der Klasse. Hein ist ein Sportass.

»Bestimmt nicht«, sagt Hein, »ich habe wirklich schon genug Probleme. Aber ich finde es doch sehr interessant, was Frits da sagt.«

»East is east and west is west«, erklärt Frits, »ist ein Satz des englischen Schriftstellers Kipling.«

Tarzan stößt einen schnaubenden Ton aus.

»Er meinte damit, dass die Erdteile weit voneinander entfernt sind und sich nie berühren werden. Doch die Menschen könnten das. Menschen können zueinander kommen.«

»Verdammt«, sagt Hein, »das ist tatsächlich das Gegenteil.«

Tarzan brüllt ohrenbetäubend. »Jetzt ist aber Schluss! Jetzt sind alle still!«

Er wendet sich an Frits. »Kamerling«, sagt er, »du denkst vielleicht, dass du alles weißt …«

»Das hat Frits nie gesagt.« Martje schaut Tarzan direkt in die Augen. »Und das denkt er auch nicht.«

Frits grinst. »Natürlich nicht. Wenn ich alles wüsste, wäre ich nicht in der Schule. Dann hätte ich jetzt kein Turnen.«

Diesmal schreit Tarzan nicht. Sein Blick bringt alle sofort zum Schweigen. Dann sagt er ganz leise: »Es wird wohl an dem schönen Wetter liegen, dass heute eine etwas aufrührerische Stimmung herrscht. Junge Pferde schlagen im Frühjahr mit den Hufen an die Zäune. Aber ich weiß schon, wie ich diesen Übermut eindämme: keine Ringe heute, sondern Konditionstraining. Runden laufen. Hein, du gehst an die Spitze. Und leg ein bisschen Tempo vor!«

»Verdammt, Frits, jetzt hast du's geschafft!«, zischt ihm Elke zu.

Frits' Mund öffnet sich. Elkes Augen, die Blitze darin … Ob sie weiß, wie schön sie aussehen?

Frits sieht noch andere Augen: von Helen, von Hannah, von Dorie, von Nicolette, von Deborah. Er duckt sich etwas. Sie sehen alle böse aus, all die schönen Mädchenaugen.

Martje zwinkert. Sie sieht nicht böse aus. Aber Martje ist eigentlich kein Mädchen. Sie ist einfach sein Kumpel, schon seit dem Sandkasten.

»Komm, wir traben.« Hein tippt Frits auf die Schulter.

Während Frits seine Runden in der Turnhalle dreht, denkt er an Johnny Weismüller. Das war der Schauspieler, der im ersten Tarzanfilm die Titelrolle gespielt hat. Ob Tarzan das weiß? Vermutlich schon.

Diesem Weismüller ist es nicht gut gegangen. Seine letzten Lebensjahre verbrachte er in einem Pflegeheim. Dort erschreckte er manchmal die anderen Patienten. So laut er konnte, stieß er den Tarzanschrei aus. In seinem früher so gesunden Körper steckte kein wacher Geist mehr. Ob Tarzan das auch weiß? Vielleicht nicht. Doch Frits hat nicht das Gefühl, als sei dies der passende Moment, es ihm zu erzählen.

Achselhöhle

Das ist es!

Frits denkt in der Pause über das Schachproblem nach, das er nicht herausbekommen hat. Der schwarze Läufer steht natürlich nicht einfach so da, er steht der schwarzen Dame im Weg. Also muss Weiß mit dem Zug Turm nach f3 anfangen.

Wunderbar, dass ihm das eingefallen ist.

Er schaut sich um. Die Welt außerhalb des Schachbretts existiert tatsächlich noch. Und wie!

Zum Beispiel Helen. Sie sitzt dort allein auf der Bank. Es scheint, als wolle sie die Sonne in sich aufsaugen. Wie gierig sie sich der Sonne entgegenstreckt. Helens Hals sieht unwahrscheinlich lang aus, weil ihr Kopf nach hinten hängt. So verletzlich sieht ihre Kehle aus, dass man alles tun muss, sie zu beschützen.

In voller Breite liegen ihre Arme, nackte Arme, auf der Banklehne. Ihre Augen sind geschlossen, sie braucht nichts zu sehen. Alles, was für sie existiert, ist das Gefühl der Wärme. Wenn es gleich läutet, weil die Pause vorbei ist, wird Helen es nicht hören, weil Geräusche keine Bedeutung mehr für sie haben. Ihr Mund ist leicht geöffnet.

Wenn Frits dies malen würde, würde er das Bild »Hingabe« nennen. Aber er kann ja leider nicht malen.

»Welcher Idiot steht mir da in der Sonne?«

Frits hat nicht bemerkt, dass sein Schatten über Helens Gesicht fällt. Verrückt übrigens, dass aus einem Mund, der so träumerisch aussieht, solche unfreundlichen Töne kommen können.

»Welches Rindvieh bleibt einfach stehen, wenn es höflich gebeten wird, einen Schritt zur Seite zu gehen?« Helen rutscht auf der Bank ein Stück weiter. Ihr Kopf ist nun nach vorne geneigt. Sie öffnet ein Auge. Es ist unglaublich, wie wach Helen aussieht, auch wenn sie nur ein Auge aufhat. Dieses eine Auge wirft ihm einen stechenden Blick zu. »Frits natürlich. Das hätte ich mir denken können. Bevor du in unsere Klasse kamst, hätte ich mir nie vorstellen können, dass ein solcher Schussel so gute Noten bekommen könnte.«

Frits hört es sich niedergeschlagen an. Weiß Helen denn nicht, dass zu ihrem Mund und ihren Lippen solche Worte nicht passen?

»Und er hat noch immer nicht kapiert, dass er zur Seite gehen soll.«

Frits bewegt so schnell die Füße, dass er stolpert.

»Endlich!« Helen setzt sich wieder bequem hin. Sie faltet die Hände im Nacken. In einem atemberaubenden Sekundenbruchteil sieht Frits ihre Achselhöhle, eine Höhle voller Schatten und ein paar Härchen.

Achselhöhle: ein Wort, in dem man ertrinken könnte.

Achsel: ein Wort, zu dem eigentlich Tau gehören müsste. Frits dreht sich schnell um.

Achseln, Arme, Beine, Brüste.

Plötzlich weiß er, was in diesem Frühling anders geworden ist. Die Mädchen haben Körper bekommen.

Erklären

»Hier ist Frits Kamerling.«

»Hallo … eh … Frits. Hier ist Deborah.« Ihre Stimme strömt auf ihn zu. »Ich wollte dich kurz was fragen. He, halt doch mal den Mund, du lenkst mich ab! Entschuldige, Frits, das galt nicht dir.«

Das hat Frits schon verstanden. Erstens hat er nichts gesagt. Und zweitens hört er Lärm bei ihr im Hintergrund.

»Was ich dich fragen wollte: Hast du schon Mathe gemacht?«

»Ja«, sagt Frits.

»Hab ich's mir doch gedacht. Ist es dir recht, wenn ich mal schnell bei dir vorbeikomme?«

»Ja«, sagt Frits. »Ja, ja. Natürlich.« Plötzlich stolpert er über seine eigene Stimme.

»Gut. Bis gleich.«

Deborah hat den Telefonhörer aufgelegt, bevor Frits »Bis gleich« sagen konnte.

Deborah kommt. Deborah, der die Hitze nichts ausmacht, weil sie selbst so kühl ist. Deborah mit den eisiggrünen Augen. Diese Deborah kommt zu ihm.

O ja, er ist bereit, ihr die Matheaufgaben zu erklären, die sie nicht versteht. So ausführlich, wie sie nur will. Er hat mehr als genug Zeit für sie.

Deborah kommt. Es ist nur gut, dass Frits allein zu Hause ist. Vor allem, dass Niki nicht da ist. Eine kichernde kleine Schwester kann kein Mensch brauchen, wenn Deborah kommt.

Frits rennt die Treppe hinauf, um sein Mathezeug zusammenzusuchen. Er schaut sich in seinem Zimmer um. Ausgerechnet heute ist es ein bisschen unordentlich. Seine Zudecke auf dem Bett bildet einen höckrigen Haufen und auch sonst herrscht ein ziemliches Chaos. Deborah könnte einen falschen Eindruck von ihm bekommen, wenn sie das sieht. Deborah, die so streng schauen kann. Das liegt vor allem an der Art, wie sie die Nase in die Luft streckt. Auf einmal weiß Frits, dass diese Nase das ganz Besondere an Deborah ist. Sie ist so griechisch wie das alte Athen.

Frits schnappt sich sein Mathezeug. Er wird ihr alles im Wohnzimmer erklären. Wenn sie will, wird er ihr alles erzählen, was er über Mathe weiß. Er rennt die Treppe wieder hinunter.

Ja, sie werden sich dort an den Tisch setzen. Einander gegenüber? Nein, besser nebeneinander. Frits schiebt die Stühle etwas enger zusammen. Deborahs Atem wird warm sein.

Bestimmt will sie Tee! Oder trinkt sie vielleicht lieber Kaffee?

»Bis gleich«, hat sie gesagt. Als würden sie sich tagtäglich miteinander verabreden. Frits pfeift durch die Zähne. Er wird einfach Wasser aufstellen. Damit kann er dann nach Belieben Tee oder Kaffee kochen. Allmächtig wie ein Zauberer.

Plötzlich muss er dringend aufs Klo. Er rennt in den

Flur, dann in die Toilette. Was für ein Glück, dass Deborah noch nicht da ist.

Als Frits vom Klo kommt, bleibt er plötzlich wie erstarrt stehen. Wie dumm! Er hätte das obere Klo benutzen müssen. Die Diele ist ein öder Platz für ein Klo! Direkt neben der Haustür! Und durch diese Haustür wird Deborah gleich kommen. Was für ein hirnrissiger Architekt hat eigentlich dieses Haus entworfen! Der hat bestimmt nie Besuch von einem Mädchen wie Deborah bekommen, mit einer griechischen Nase, die alles riecht.

Frits rennt in die Küche und zurück. Er steckt Streichhölzer an und lässt sie abbrennen, in der Toilette und in der Diele, eins nach dem anderen. So verschwindet der Geruch. Sollte er wenigstens. Frits zündet noch ein paar Streichhölzer an.

Es klingelt. Frits steckt die Streichhölzer in die Hosentasche. Dann rennt er zur Haustür und öffnet sie.

Deborah steht da und sagt: »Hallo.«

Oh, ihre Stimme ist voller Eiskristalle. Frits fängt fast an zu frieren.

»Komm rein, komm doch rein«, sagt er. »Ich erkläre dir die Matheaufgaben.«

»Erklären?« So überrascht kann nur Deborahs Stimme klingen.

»Ja. Du … du …«, stottert Frits. »Du hast doch angerufen …«

Deborah bleibt auf der Schwelle stehen. »Ich bin nur gekommen, um mir dein Heft zu leihen, damit ich abschreiben kann. Ich habe heute absolut keine Zeit für Mathe.« Sie lacht heiser. »Auch nicht für Erklärungen.«

»Ach so. Nun, dann hole ich schnell das Heft, in Ordnung?«

Deborah nickt gnädig.

»Danke«, sagt sie, als Frits ihr das Heft aushändigt. »Ein blödes Fach, Mathe. Morgen vor der Schule gebe ich dir dein Heft zurück, in Ordnung?«

»Natürlich, natürlich. Völlig in Ordnung.«

Frits schaut Deborah nach, als sie davonradelt. Es hätte doch sein können, dass sie sich noch einmal umdreht und winkt. Dann geht er hinein und macht die Haustür zu. Man riecht jedenfalls nicht mehr, dass er … Aber etwas anderes! Was für ein seltsamer Geruch. Er kommt aus der Küche.

Frits rennt.

Das ganze Wasser im Kessel ist verdampft, aber er ist nicht kaputt. Zum Glück. Wie hätte er das seiner Mutter erklären sollen!

Verkehrt leben

»Komm doch mal her.« Während der großen Pause winkt Hein. Er liegt mit Hannah auf dem Rasen, im Schatten von Sträuchern.

Frits hockt sich daneben.

»Was hast du denn in Geschichte bekommen?«, fragt Hein.

»Eins minus.«

»Was? Keine Eins plus?«, ruft Hannah. »Das finde ich aber schwach.«

»Hör auf zu gackern«, sagt Hein.

So etwas würde Frits nie zu einem Mädchen sagen. Er würde es sich nicht trauen! Erst recht nicht bei einem Mädchen, das aussieht wie Hannah. Als könnte sie jeden Moment aufbrechen und blühen wie eine Blume. Frits wagt es noch nicht einmal, sie anzuschauen. Zu sehr gleicht sie einer Knospe vor dem Aufbrechen.

Jetzt wird Hannah wohl aufstehen und davonschreiten wie eine Königin. Oder auch schweben wie eine Fee.

Doch das tut sie nicht. »'tschuldigung«, sagt sie zu Frits' Überraschung und klopft Hein auf den Oberschenkel.

»Ich habe eine Fünf«, sagt Hein. »Oder nein, jetzt gebe ich glatt an, es war eine Vier Komma neun. Wie lernst du eigentlich Geschichte?«

»Ganz einfach«, sagt Frits, »ich lese mir den Text einmal durch.«

»Nur einmal?«, fragt Hein.

Frits nickt.

»Und dann kannst du ihn?«

Wieder nickt Frits. »Ich finde Geschichte unheimlich spannend. Und wenn einem etwas Spaß macht, dann behält man es auch besser.«

»Was um Himmels willen ist spannend an Ereignissen, die lange vorbei sind?«, fragt Hannah mit einem Seufzer.

Frits schaut sie an und wendet den Blick ab. Hannah leckt sich mit der Zunge über die Lippen. Das lenkt ab, wenn man antworten muss.

»Da kann man auf die erstaunlichsten Sachen stoßen«, versucht er zu erklären. »Nimm doch mal die Eroberung Südamerikas durch die Spanier im 16. Jahrhundert. Das war eigentlich unmöglich. Weißt du, wie viele Soldaten der Eroberer Hernán Cortéz gehabt hat? Sechshundert, wenn ich mich nicht irre. Mit ein paar hundert Mann wurde ein mächtiges Kaiserreich erobert, denn das hatten die Azteken. Das ist doch kaum zu glauben, oder?«

»Die Spanier hatten die besseren Waffen«, sagt Hein. »So viel weiß ich auch noch.«

»Hast du mit einem Gewehr Chancen gegen tausend Speere?«

Hein grinst. »Dann ruf ich meine Mama.«

»Aber es gab was«, sagt Frits, »das sich enorm zu Gunsten der Spanier auswirkte: eine aztekische Sage. Es sollten weiße Götter über das Wasser in ihr Land kommen.«

»Spanische Götter?« Hannah schüttelt spöttisch den

Kopf. »Die sind nicht mal Heilige, diese Typen. Ich war letztes Jahr in Spanien, ich weiß Bescheid.«

»Erzähl weiter«, sagt Hein zu Frits, »bevor sie von ihren Sünden unter der heißen Sonne anfängt.«

»Die …, die …« Frits fängt an zu stottern. Ob Hannah wirklich in Spanien … »Die Spanier wurden für Götter gehalten. Schon wegen ihrer besseren Waffen. Doch vor allem weil sie auf einem Tier ritten, das in Südamerika unbekannt war, dem Pferd. Was mich am meisten interessiert: Wie ist eine solche Geschichte über weiße Götter um Himmels willen in die aztekische Religion gekommen? Eine Geschichte, an der sie untergehen sollten! Und dann …«

»Weißt du eigentlich, dass du ganz hübsch aussiehst, wenn du so begeistert von etwas erzählst?«, sagt Hannah.

Da kann Frits nicht mal mehr stottern, sondern nur schweigen.

»Du sitzt also nicht den ganzen Tag bis tief in die Nacht da und lernst, wie manche behaupten?«, fragt Hannah weiter.

»Natürlich nicht.« Frits grinst. »Ich habe was anderes zu tun, das kannst du mir glauben.«

»Was tust du, wenn du nicht in der Schule bist? Du kannst ruhig sagen, dass es mich nichts angeht.«

»Ach, das kannst du ruhig wissen«, sagt Frits. »Ich mache meine Hausaufgaben. Ich spiele Schachspiele nach und beschäftige mich mit Schachtheorie. Ich lese viel. Ich denke oft nach. Ich …«

»Denken?«, fragt Hannah.

»Ach, du weißt schon. Diese Beschäftigung, bei der du

Kopfweh bekommst.« Es ist genauso unglaublich wie die Eroberung des aztekischen Reiches, doch Hein kneift Hannah in die Brust! Nein, doch nicht, aber genau darüber. So dicht dran, dass Frits das nie wagen würde. Er würde überhaupt nicht wagen, Hannah zu kneifen, egal, an welcher Stelle.

Und es ist auch nicht zu glauben, dass Hannah einfach liegen bleibt, als wäre nichts passiert.

»Liegst du auch manchmal faul vor dem Fernseher?«

Frits schüttelt den Kopf. »Ich schaue nicht viel fern. Dafür habe ich keine Zeit.«

»Es geht mich natürlich nichts an«, sagt Hein träge, »aber meiner Meinung nach lebst du verkehrt.«

»Was?«

»Ja. Du machst nichts Schönes.«

»Doch! Sehr viel sogar! Ich finde Schach spielen wunderbar. Und Lesen auch. Und …«

Hein schüttelt den Kopf. »Ich hab mich vielleicht nicht klar ausgedrückt. Es gibt Dinge, die einfach schön sind, wenn man sie macht. Tanzen zum Beispiel oder Schwimmen. Oder gemütlich fernsehen. Alle Sachen, die schlichtweg schön sind, will ich mal sagen.«

Es klingelt zum Pausenende. Hein springt auf. »Es ist natürlich dein Leben, aber vielleicht solltest du einfach mal in der Kiesgrube schwimmen gehen, so wie wir.«

Frits steht auf. Er möchte gerne sagen: Ich bin nicht so verrückt nach Schwimmen, doch er lässt es lieber bleiben.

Hein hält Hannah die Hand und zieht sie hoch. »Die Sirenen rufen nach deinem Schweiß, faules Stück.« Er gibt ihr einen Klaps auf den Po.

Der ist wirklich rund und einladend, wie Frits bei diesem Klaps plötzlich auffällt. Er steckt die Hände in die Taschen.

Seit der Frühling begonnen hat, sieht die Welt anders aus als früher. Vielleicht muss man anders leben in einer anderen Welt.

»Ja, ja«, murmelt Frits verwirrt.

Trinken

Um ihn zu ärgern, hat Frits früher manchmal Onkel Frans zu Frans gesagt. Der wurde dann böse. »Ich bin kein Onkel. Dafür bin ich viel zu jung.«

Dann lernte Frans Wijntje kennen und die hat Frits nie Tante genannt. Sie sieht wirklich zu jung dafür aus und sie ist außerdem viel zu nett, um sie zu ärgern. Und dass Wijntje und Frans viel älter sind als Frits, ist inzwischen vollkommen klar, denn sie haben ein Baby. Frits ist mit seinen Eltern und Niki auf Besuch bei ihnen.

Frans ist schrecklich stolz. »Hier ist er, der Kronprinz Thom!«, jubelt er leise, als er mit dem Kind auf dem Arm ins Zimmer kommt. Frits wirft seiner Schwester einen Blick zu. Ja, Niki ist schon am Schmelzen. Das tut sie bei allem, was klein ist. Sie hat haufenweise Postkarten mit jungen Katzen, jungen Hunden und Lämmern. Wenn es ein Foto vom kleinen Thom gäbe, würde sie das bestimmt auch sofort für sich beanspruchen.

»Oooooh, darf ich ihn mal halten?«, fragt Niki. Und dann raunt sie Frits zu: »Du brauchst gar nicht zu grinsen, das ist ganz normal.«

»Und ob«, sagt die Mutter. »Ich wollte gerade dasselbe fragen.«

»Jeder will meinen Sohn auf Händen tragen«, sagt

Frans augenzwinkernd. »Er wird ein sehr glückliches Leben haben.«

»Ach«, sagt der Vater, »da bin ich nicht so sicher. Ich erinnere mich noch, wie alle um deine Wiege rumgehüpft sind und gekräht haben: ›Oh, ist der lieb.‹ Und heute gibt es niemanden mehr, der das sagt.«

»Doch«, sagt Wijntje. »Ich.«

Frits bekommt auf der Stelle Mitleid mit sich selbst. Es fällt ihm niemand ein, der so etwas mit einer solchen Überzeugung von ihm behaupten würde.

Der kleine Thom weint.

»Nun«, sagt Niki ungeduldig, »gib ihn mir mal.«

»Gleich, gleich.« Frans strahlt noch immer. »Er will erst trinken.«

Wijntje knöpft ihre Bluse auf. Sie fummelt an dem BH herum, ganz offen tut sie das. Eine Brust kommt zum Vorschein, voll und rund. Und das ist nicht alles: Die Brust hat auch noch eine große, dunkle Brustwarze.

Frans reicht ihr Thom.

Hastig schaut Frits hinaus, zum Balkon. Wie er in der Sonne flimmert. Bestimmt ist der Beton knallheiß, sodass man sich die Fußsohlen verbrennt, wenn man mit nackten Füßen hinausgeht. Wie grau Beton ist. Und platt ist er auch. Alles andere als weiß und rund und … Wie leer ist ein Balkon, wenn nichts darauf steht.

»Immer wieder, wenn Wijntje Thom die Brust gibt«, hört Frits die Stimme von Frans, »muss ich an mein letztes Examen denken. ›Können Sie mir drei Vorteile von Muttermilch gegenüber Flaschenmilch nennen?‹, hat der Professor gefragt. Und ich habe gesagt: ›Muttermilch hat immer die gleiche Zusammensetzung, Herr Professor.‹ –

›Das ist Nummer eins‹, hat er gemeint. ›Muttermilch hat immer die richtige Temperatur‹, fuhr ich fort. ›Nummer zwei.‹ Und plötzlich ist mir der dritte Vorteil eingefallen. ›Und die Verpackung ist prachtvoll, Herr Professor.‹«

Der Vater lacht laut. Thom stößt einen heftigen Schrei aus.

»Nicht doch«, murmelt Niki mitleidig.

Was ist los? Frits schaut hinüber.

»Er hat die Brustwarze verloren«, erklärt Wijntje. »Und das gefällt dem Herrn nicht.« Sie hat das Mündchen wieder zurechtgelegt. Frans hat Recht. Die Verpackung ist prachtvoll. Nur gut, dass Thom so klein ist und das nicht kapiert. Wenn er so groß wäre wie Frits, würde er bestimmt keinen Schluck runterkriegen. Frits muss schlucken.

Poesie

Sein Vater hält Lyrik für das Schönste, was es auf der Welt gibt, doch Frits ist da anderer Meinung. Und Sjef kann von ihm aus auch behaupten, dass Gedichte der Gipfel der Literatur seien. Sjef ist ja immerhin Niederländischlehrer, da kann er schlecht was anderes sagen.

Wenn Iris aus Sonnenstrahlen und einem Seufzer der siedenden See geboren wurde, wie Jacques Perk schreibt, muss Frits schon ein wenig seufzen. Und er fühlt etwas wie Wehmut in sich, wenn er in dem Gedicht weiter liest, dass Iris nach oben gestiegen ist auf Schwingen des Regens, voller Verzweiflung. Ja, das ist Poesie.

Frits blättert in dem Gedichtsammelband. Seine Klasse hat eine unerwartete Vertretungsstunde, weil Bloemers, der Französisch gibt, krank geworden ist. Grippe. Wer bekommt bei diesem tollen Wetter bloß eine Grippe? Einem Wetter, bei dem es tatsächlich ein Verbrechen ist, in einem Klassenzimmer eingesperrt zu sein …

Gleich einem Jahrmarktslöwen in Sklaverei geboren …, liest Frits. Was für ein Getue. Wäre dieser Löwe doch nie geboren worden! Dann hätte man später kein Wort über ihn verlieren müssen.

Frits blättert zurück. *Früh im Morgengrauen löst sich die Schöne auf.*

Pfui Teufel, das ist einfach geschmacklos. Ein schönes Mädchen ist doch keine Leiche!

Frits schaut sich um. Nein, bestimmt nicht! Mädchen sind schön und lebendig, auch wenn sie lahm dasitzen und auf ihren Stühlen hängen. Eigentlich gibt es nichts Lebendigeres als Mädchen.

Aufpassen, Sjef schaut zu ihm her. Man kann eine miesere Vertretung erwischen als den Sjef, aber manchmal ist er streng.

Frits schaut wieder in den Gedichtband. Das ist das Sicherste, denn er fühlt, dass sein Kopf rot ist. Ob Sjef gesehen hat, dass er das Schönste betrachtet hat, was es auf der Welt gibt: Mädchen?

Was steht denn da schon wieder: *Ich schloss die blitzenden Fenster meiner Seele.* Frits seufzt. Was es auch bedeuten mag – er sollte dieses Buch zuklappen und nie mehr aufmachen, findet er.

Er blättert weiter. Was ist denn das für ein seltsamer Satz? *Lass mich in deiner Haare Mantel schlafen.*

Moment mal … In normalem Niederländisch müsste es heißen: Ich will in einem Mantel aus deinen Haaren schlafen.

Frits schielt zu Sjef hinüber. Der ist eifrig am Schreiben, also kann er unbekümmert Elke betrachten. Sie hat die längsten Haare der Klasse, sie reichen ihr bis über den Hintern. Schön.

Elkes Haare sind ganz anders als der große Knoten, den Martje hat. Frits kann sich an Martje ohne diesen Knoten nicht erinnern. Sie sitzen nebeneinander, Martje und Elke. Da sieht man den Unterschied ganz genau.

Ja, Elkes Haare sind wie ein Mantel. Wie ein prachtvoller Mantel, besonders jetzt, wo sie in der Sonne glänzen. Elke weiß genau, wie schön ihre Haare sind, sie bürstet sie oft.

Lass mich in deiner Haare Mantel schlafen.

Dann sind die schönsten Haare also ein Mantel, der um den Schläfer gelegt ist. Man muss sehr dicht bei Elke sein, wenn man in diesem Mantel aus Haaren einschläft.

Gibt es auch Mäntel, die man auf der nackten Haut trägt?

Lass mich in deiner Haare Mantel schlafen.

Frits wird es warm. Und dabei ist es ohnehin schon so heiß im Klassenzimmer. Er wischt sich den Schweiß von der Stirn.

Wer hat das eigentlich geschrieben? Frits schaut in das Buch. Diese Zeile steht in einem Gedicht von Hendrik Marsman. Dieser Marsman!

Es läutet. Sie haben jetzt Geschichte. Langsam steckt Frits den Gedichtband in die Tasche. Er hat nicht gewusst, dass Poesie so menschlich sein kann.

Haarige Leiber

»Kind, dass du bei diesem Wetter nicht was Leichteres anziehst.«

Martje wirft ihrer Mutter einen Blick zu. »Mit dem, was ich anhab, fühle ich mich am besten, also trage ich es.«

Frits nickt. Diese Art Kleidung gehört nun mal zu Martje. Martjes Vater setzt sich im Gartenstuhl aufrecht hin und kratzt sich umständlich die nackte Brust. »Wenn es irgend möglich ist, muss man tun, was man selber will«, erklärt er feierlich.

Die Haare auf seiner Brust kann man wohl nicht gerade als Urwald bezeichnen, überlegt Frits, aber eine Art Gebüsch ist es auf jeden Fall.

»Meine Schwester tut heute endlich das, was sie schon sehr lange tun will«, sagt Frits. »Sie hat meinen Eltern den Kopf vollgenörgelt und jetzt ist es so weit: Sie hat ihre erste Reitstunde.«

»Toll!«, ruft Martjes Mutter. »Ich weiß noch genau, dass ich das als Mädchen auch gern gewollt hätte. Eine ganze Weile war es meine größte Sehnsucht. Ach, ich wäre so glücklich gewesen, auf einem Pferd zu sitzen. Aber es ist nie so weit gekommen.« Sie grinst. »Ich glaube, dass alle Mädchen zu einer bestimmten Zeit verrückt nach Pferden sind.«

»Nein«, brummt Martje vor sich hin. »Ich hatte das nie.«

»Niki war in ihrer Klasse das einzige Mädchen, das noch keine Reitstunden hatte«, sagt Frits. »Jedenfalls hat sie das immer behauptet und dann hat sie angefangen zu weinen. Schließlich haben meine Eltern nachgegeben. Ich verstehe einfach nicht, was die meisten Mädchen nur an Pferden so fasziniert!«

»Da bist du in guter Gesellschaft«, knurrt Martjes Vater. »Schon seit hunderten von Jahren zerbrechen sich große Denker den Kopf darüber, warum Pferde auf werdende Frauen eine solche Anziehungskraft haben, das heißt also auf Mädchen. Und dabei ist die Antwort so simpel.«

»Seien Sie still, Herr Sokrates«, flüstert Martje. »Und ihr auch, ihr Herren Spinoza, Kant und Schopenhauer. Herr Sartre, halten Sie sofort den Mund. Mein Vater spricht.«

»Betrachten wir zunächst einmal das Pferd. Was ist ein Pferd?«

»Ein großes, unheimliches Tier, von dem man herunterfallen kann«, sagt Martje.

»Aber wie sehen es andere Mädchen?«

»Wenn sie vernünftig sind, genau wie ich.«

»Nur wenige wollen vernünftig sein, wenn sich das Gefühl zu Wort meldet.« Martjes Vater spricht nun laut. »Betrachte ein Pferd mit Gefühl. Was siehst du dann? Einen großen Körper. Einen starken, muskulösen Körper.« Er schlägt sich auf die Brust. »Zudem noch einen haarigen Körper. Was passiert, wenn ein junges Mädchen auf einem Pferd reitet? Dann ist dieser kräftige, elegante und – nicht zu vergessen – behaarte Körper dem Mädchen unterworfen. Er geht, wohin sie will und wie sie will: Schritt, Trab, Galopp. Sie ist die Herrscherin! Sie hat diesen Körper bezwungen! Muss ich noch deutlicher werden?«

Er springt von seinem Stuhl auf. »Du, geliebte Gattin, hast dieses Vergnügen nie genießen können. Ich hörte soeben deine stille Klage. Dann lass mich dein Ross sein, das mächtigste Pferd, das je über diese Erde getrabt ist.«

»Juppiiii!«, jubelt Martjes Mutter. Und dann sitzt sie tatsächlich auf seinem Rücken. Das Ross schnaubt und wiehert, bevor es davonstiebt, hinein in den Garten.

»Es ist nicht wahr.« Martje hat die Augen geschlossen. »Sag, dass es nicht wahr ist.«

Doch das kann Frits nicht sagen. Er sieht mit eigenen Augen, dass es wahr ist. Dem Pferd und seiner Reiterin scheint es noch nicht mal was auszumachen, dass sie Blumen umknicken.

»Es ist wunderbar, dass sie immer noch verrückt nacheinander sind«, murmelt Martje. »Das finde ich wirklich toll. Aber ich finde es schrecklich, dass sie es auch zeigen, wenn andere dabei sind. Drängeln sich die Nachbarn schon am Zaun, um zuzuschauen?«

Frits gibt keine Antwort. Plötzlich fühlt er sich tieftraurig. Sein Körper ist nicht behaart, auf seiner Brust wachsen höchstens drei Härchen. Er braucht sich nicht zu rasieren. Andere schon. Hein hat schon einen Schnurrbart. Er, Frits, hat auch keinen kräftigen Körper, er ist nicht muskulös. Und elegant ist sein Körper ebenso wenig.

Deshalb schauen ihn die Mädchen nicht an.

Und vielleicht ändert sich das nie.

Ein Besessener

»Was heute in meiner Klasse passiert ist …« Niki schüttelt den Kopf. »Das haltet ihr nicht für möglich.«

Der Vater sagt mit vollem Mund: »Was denn? Erzähl doch! Nichts ist so interessant wie etwas Unmögliches, das aber doch passiert ist.«

»Marijke ist von Stefan halb vergewaltigt worden.«

»Was?« Die Mutter schaut entsetzt.

Frits lässt Messer und Gabel fallen. Und der Vater macht seltsame Geräusche, denn er hat sich an den Makkaroni verschluckt.

»Wenigstens hat Jessica das so genannt«, fährt Niki fort. »Und Roos auch. Und Joyce auch. Ich selbst war nicht dabei, als es passiert ist. Ich bin erst später auf den Schulhof gekommen. Da war Marijke schon bei unserer Lehrerin, Frau Lydia, und hat geweint und ihr alles erzählt. Stefan ist allerdings noch herumgelaufen. Zuerst war er stolz wie ein Pfau, aber als ihn alle auf dem Schulhof beschimpft haben, hat sich das geändert. Als die Pause zu Ende war, hat er nicht mehr ausgesehen wie ein Pfau, sondern eher wie ein gerupftes Huhn.«

Der Vater muss husten. »Wenn Stefan noch einfach so herumlief, war das, was passiert ist, vielleicht weniger ernst, als im ersten Moment vermutet wurde«, sagt er. »Du lieber Himmel, ich bin wirklich erschrocken.«

»Was glaubst du denn, was mit Marijke war?«, faucht Niki. »Die war erst erschrocken, sag ich dir.«

»Jetzt erzähl doch mal alles von Anfang an«, schlägt die Mutter vor. »Und du kannst ruhig ab und zu etwas in den Mund stecken. Lass das Essen nicht kalt werden.«

Auch Frits greift wieder nach seinem Besteck.

»Angefangen hat alles damit«, sagt Niki, »dass Stefan verrückt ist nach Marijke.«

»So ein kleiner Junge aus der sechsten Klasse verrückt nach einem Mädchen?«, fragt Frits verblüfft. »Ist das wirklich wahr?«

Niki nickt. »Über eine Woche lang hat er sich für sie abgeplagt. Er hat ihr das Rad aus dem Fahrradschuppen geholt und so. Und gestern hat er sie dann gefragt, ob sie mit ihm gehen will.«

»Das ist ja noch nichts Ungewöhnliches«, murmelt der Vater.

»Marijke hatte keine besondere Lust, aber dann hat sie doch gesagt, sie wäre einverstanden.«

»Das verstehe ich nicht«, unterbricht die Mutter.

Niki rollt verzweifelt mit den Augen. »Das ist doch logisch, oder? Sie hat gedacht, sie wäre ihn damit im Moment erst einmal los.«

»Und das war nicht so?«

»Nein. Stefan wird man so schnell nicht los. Das hatte Marijke nicht bedacht. Aber heute Morgen vor der Schule hat sie es kapiert. Stefan wollte einen Kuss von ihr.«

Ach ja, Frits würde auch gerne geküsst werden.

»Und den hat er von seiner Freundin nicht bekommen«, sagt der Vater.

Niki kaut und schluckt mit protestierenden Geräuschen

das Essen hinunter. »Was denkst du denn?«, schimpft sie dann. »Man küsst doch nicht einfach einen Jungen.«

Frits schüttelt den Kopf. Nein, das tun Mädchen nicht. Kleine Mädchen nicht und große erst recht nicht. Er könnte so viele Mädchen aufzählen, von denen er gerne geküsst würde. Aber er könnte keine nennen, die ihm einen Kuss geben will.

»Armer Stefan«, sagt der Vater.

Frits nickt. Das Leben kann schwer sein.

»Arm«, spottet Niki. »Von wegen! Aber hartnäckig ist er schon. Denn heute Mittag hat er ihr dann sein ganzes Taschengeld von dieser Woche für einen Kuss geboten.«

»Einen kompletten Wochenlohn für einen einzigen simplen Kuss«, stöhnt der Vater.

»Das hat die Sache für Marijke verändert.«

»Wieso?«, fragt Frits verblüfft.

»Das kannst du natürlich nicht wissen«, erklärt Niki. »Aber Stefan bekommt viel Taschengeld. Fünf Gulden! Klar, dass Marijke die wollte!«

Frits schüttelt den Kopf. Ein so kleines Mädchen ist natürlich noch kein richtiges Mädchen, sondern ein Kind. Daran hatte er einen Moment lang nicht gedacht. Keine einzige der richtigen Mädchen, die Frits kennt, würde ihren Kuss verkaufen. Noch nicht mal für eine Million. So sind sie nun mal nicht.

»Stefan hat also die fünf Gulden bezahlt«, fährt Niki fort, »und dann hat er Marijke geküsst. Mit einem ganz gierigen Mund, so hat Jessica es jedenfalls erzählt. Die hat das alles miterlebt, vom Anfang bis zum Ende. Man hat nichts mehr von Marijkes Mund gesehen, hat Jessica gesagt.«

So überwältigend zu küssen, würde Frits nie wagen.

»Und Stefan hat gar nicht aufgehört. Er hat einfach weitergeküsst.«

»Tja, für fünf Gulden wollte er natürlich herausholen, was möglich war«, sagt die Mutter.

»Und Marijke wurde blau …«

»Blau?«, fragt Frits.

»Atemnot, verstehst du«, erklärt Niki. »Jessica hat gesagt, dass Marijke blau anlief. Aber Joyce sagt, Jessica würde übertreiben. Sie sagt, Marijke war nur ein bisschen rot, als Stefan endlich aufhörte. Und Jessica hat erzählt, dass Marijke da schon Tränen in den Augen hatte. Aber Joyce sagt, die wären erst später gekommen.«

»Wann denn?«, fragt die Mutter.

»Als Roos Marijke erklärt hat, dass sie jetzt eine Hure sei.«

Der Vater schmunzelt.

»Denn alle Huren verkaufen ihren Körper für Geld«, fährt Niki unbeirrt fort.

»Frits, du hast ja deinen Teller noch fast voll«, sagt die Mutter.

Frits grübelt. Es kann doch nicht wahr sein, dass so kleine Jungen aus der sechsten Klasse schon wissen, was er erst seit kurzem kapiert hat, nämlich, dass Mädchen anbetungswürdig sind.

»Ist das … ist das normal, so ein Junge wie dieser Stefan?«

Die Frage ist eigentlich an seinen Vater gerichtet, doch Niki gibt ihm prompt die Antwort: »Normal? So was kann doch gar nicht normal sein! Zum Glück gibt es nur einen solchen Sexbesessenen auf der ganzen Welt!«

Das ist nicht wahr. Frits weiß genau, dass es zumindest einen mehr gibt. Der ist älter und traut sich viel weniger. Aber er nickt beruhigt.

Mückentanz

Es bleibt immer und ewig das Gleiche auf dem Schulhof. Überall gibt es Arme, Beine, Brüste und Hintern. Mädchen haben unübersehbar auch einen Hintern. Frits wird ganz verwirrt, so viel ist um ihn herum zu sehen. Und dann auch noch die Sonne, die scheint und scheint, sodass alle Linien aussehen, als würden sie glühen.

Um auf andere Gedanken zu kommen, verlässt er den Schulhof. Etwas weiter weg ist ein kleiner Teich, dort möchte er im Schatten stehen und ins Wasser schauen. Das muss helfen, vor allem, weil er Wasser überhaupt nicht mag.

Doch er kommt nicht bis zum Teich. An einem Gebüsch davor bleibt er stehen. Zwischen zwei Bäumen schwirrt ein Schwarm Mücken. Auf und ab und hin und her.

Frits fragt sich, für was dieses Gewimmel gut sein soll. Wenn alle Tiere gemeinsam eine rituell wirkende Handlung ausführen, kann man davon ausgehen, dass diese ein Ziel hat. Er versucht, ein Muster in ihren Bewegungen zu entdecken. Nein, da ist keines. Alles sieht so vollkommen beliebig aus.

Mücken zu betrachten ist immerhin etwas anderes als Mädchen anzuschauen. Nein, das hätte er nicht denken dürfen, denn nun denkt er wieder an Mädchen.

Frits versucht einer Mücke mit dem Blick zu folgen. Er kneift die Augen zusammen, aber es ist sinnlos. In diesem Gewimmel verliert er diese eine Mücke sofort wieder aus den Augen.

»Versuchst du die Täterin aufzuspüren, Frits?«

Er erschrickt fast zu Tode. Dabei ist es nur Lampe, die Chemielehrerin. Sie taucht zwischen den Bäumen auf.

»Wa-was?«, stottert Frits.

»Du hast so angespannt die Mücken beobachtet, dass ich mich gefragt habe, ob du die Übeltäterin suchst, die dich gestochen hat.«

»Nein, nein.« Frits grinst. »Ich habe mir nur das Gewimmel angeschaut und überlegt, was es für einen Nutzen hat.«

»Fortpflanzung«, sagt Lampe prompt.

»Oh!«

Da ist er vor dem Schulhof voller Mädchen geflohen, nur um dann auf sich fortpflanzende Mücken zu treffen. Wo man auch geht und steht, die Welt scheint voller Sexualität zu sein. Zum Verrücktwerden!

»Oh«, sagt Frits noch einmal. »Das habe ich nicht gewusst.«

»Man muss nur genau hinschauen«, meint Lampe. »Aber es ist eigentlich ziemlich logisch, dass ein solcher Tanz mit Fortpflanzung zu tun hat, finde ich. Gemeinsame, mehr oder weniger rhythmische Bewegungen scheinen bei den verschiedensten Tierarten zu einer gewissen Einstimmigkeit der Seele zu führen.« Sie lacht. »Na ja, damit erzähle ich dir ja nichts Neues. Du brauchst nur an die Tanzstunde und die Tanzabende zu denken, nicht wahr?«

»Ja, ja. Ja, natürlich.« Frits hat keine Lust, ihr zu erzählen, dass er nie tanzt. Bewegen kann er sich schon. Aber sich gemeinsam bewegen, noch dazu mehr oder weniger rhythmisch … Er betrachtet den Mückenschwarm. Lampe auch.

Diese Tiere treiben ganz gemütlich, was er nicht kann.

Schließlich blickt Lampe auf ihre Uhr. »So spät schon?« Sie erschrickt. »Los, Frits, wir müssen rennen. Wir kommen beide zu spät zur nächsten Stunde.«

Sie läuft los. Frits folgt in einem gewissen Abstand. Wenn sie rennt, gleicht sie eher einem Mädchen als einer Lehrerin. Wenn sie vor der Klasse steht, fällt es überhaupt nicht auf, dass sie einen so ausgeprägten Körper hat.

Was tut eine Lehrerin auch in den Büschen! Frits rennt hinter ihr her. Er hat Angst, dass er nie, nie mehr auf andere Gedanken kommen könnte.

Strand

Frits versucht, zwischen seinen Beinen Sand zu einem Haufen zusammenzuschieben. Man kann nicht immer nach links und rechts schauen, nach Frauen in Badeanzügen, Bikinis oder noch weniger.

Frits selbst hat seine normale Kleidung an. Jahrelang hat er sich keine Sekunde darum gekümmert, dass er keine Badehose hat. Bis heute Mittag, als ihm plötzlich einfiel, doch einmal zum Baggersee zu gehen.

Er beschließt, das T-Shirt auszuziehen.

Seine Blässe sticht gegen die anderen ab. Der Mann, der ihn vor ein paar Minuten um Feuer gebeten hat, sah ganz anders aus. Der war nicht nur braun, sondern bronzefarben.

Frits hatte kein Feuer, er raucht nicht.

Er sieht, dass sich der Mann neben ein Oben-ohne-Mädchen kauert. Sie hat Feuer und der bronzefarbene Mann zieht an seiner Zigarette.

Frits schaut auf das Wasser. Das kann man wenigstens in aller Ruhe betrachten. Weiter weg, neben einer Boje, sieht er Hein und Hannah, die sich miteinander unterhalten.

Eigentlich hat Frits erwartet, die halbe Schule am Baggersee zu treffen, aber das ist nicht so. Nur Hein und

Hannah liegen im Sand. Sie tun so, als sei es ganz normal, Frits hier zu sehen.

»Komm doch zu uns«, ruft Hannah jetzt.

Frits sieht, wie Hein ihr einen Klaps auf den Po gibt und dann mit einem Sprung im Wasser verschwindet.

Hannah watet zum Ufer. Sie lässt sich neben Frits zu Boden fallen.

»Hallo«, sagt sie.

Auch Frits sagt: »Hallo.«

Der bronzefarbene Mann redet mit weit ausholenden Gebärden auf das Mädchen ein, das ihm Feuer gegeben hat. Frits würde nicht wissen, was er zu einem Mädchen, das er überhaupt nicht kennt, sagen sollte. Im Übrigen würde er auch nicht wissen, wohin er schauen sollte.

»Etwas interessiert mich brennend«, sagt Hannah. »Woran denkt jemand, wenn er sich hinsetzt, um nachzudenken?«

»Was?« Frits versteht nicht, was sie meint.

»Neulich hast du zu Hein und mir gesagt, dass du unter anderem deine freie Zeit zum Nachdenken verwendest. Und ich überlege mir nun die ganze Zeit: Worüber denkt er bloß nach? Worüber hast du zum Beispiel gestern nachgedacht?«

»Über das sich ausdehnende Weltall.« Das ist keine Lüge, auch daran hat er gedacht.

»Es dehnt sich aus?«, ruft Hannah entsetzt. »Das Problem habe ich auch.«

Frits wirft einen Blick zur Seite. Ganz faul liegt sie mit ihrem festen Körper der Länge nach im Sand.

»Es ist natürlich die Frage, ob das Weltall sich immer weiter ausdehnt.«

»Tja, das frage ich mich manchmal auch. Tut mir Leid, ich will dich nicht mit blöden Kommentaren unterbrechen.« Mit einer entschuldigenden Bewegung berührt ihn Hannah. Ihre Hand ruht einen Moment auf seinem Rücken, seinem nackten Rücken!

Der bronzefarbene Mann kauert noch immer bei dem »Feuer«-Mädchen. Er scheint nun aufmerksam zuzuhören.

»Wovon hängt es ab, ob sich das Weltall weiterhin ausdehnt?«

»Von der Menge der Materie, die es enthält, natürlich.«

Hannah stößt einen Seufzer aus, so tief, dass alle Mutlosigkeit der Welt darin enthalten zu sein scheint. »Lieber Frits …«

Das kann nicht wahr sein! Hat sie das wirklich gesagt?

»Lieber Frits, kannst du nicht tun, als wüsste ich nichts vom Weltall? So ist es nämlich. Erzähl es mir doch auf ganz einfache Art. So von Anfang an, verstehst du?«

»Man nimmt an, dass vor etwa zwanzig Milliarden Jahren mit dem Urknall, so etwas wie einer unvorstellbaren Explosion, das Weltall entstand. Die Materie wurde über immer mehr Raum verstreut. Sternensysteme streben noch immer voneinander weg und vielleicht geht das bis in alle Ewigkeit so weiter. Dadurch wird also das Weltall immer größer. Und weil es größer wird, wird es immer leerer. Denn die Menge der Materie steht fest. Da kommt nichts dazu. Aber wenn es einmal genug Materie im Weltall gibt, wird die Ausdehnung irgendwann aufhören.«

»Warum?«

Es interessiert sie wirklich. Wieder schaut Frits zur Seite. Hannah sitzt jetzt aufrecht da und winkt.

Weiter weg steht Hein im Wasser und winkt ebenfalls. Auch Frits hebt grüßend die Hand. »Durch die Gravitation«, sagt er, »das heißt durch die allgemeine Anziehung, die eine Masse auf eine andere Masse ausübt. Nun ist nicht genau bekannt, wie viel Materie sich im Weltall befindet. Aber wenn es über eine bestimmte Menge hinausgeht, und es sieht so aus, als wäre das der Fall, hört das Weltall irgendwann einmal auf, sich auszudehnen.«

»Wie schön für das Weltall«, sagt Hannah. »Verdammt, jetzt mache ich schon wieder blöde Kommentare. Das liegt bloß daran, dass ich nur von der Luft dick werde.«

»Und dann«, sagt Frits, »fängt das Weltall an zu schrumpfen. Gestern Abend habe ich mich plötzlich gefragt, was wohl mit der Zeit passiert, wenn das Weltall sich wieder zusammenzieht.«

»Tja«, sagt Hannah, »und was passiert dann mit der Zeit?«

»Möglicherweise gar nichts. Vielleicht ist die Zeit so geradlinig, dass sie nur in einer Richtung weitergeht. Aber wenn die Materie zurückstrebt zu ihrem Anfangspunkt, ist es natürlich äußerst verlockend anzunehmen, dass auch die Zeit zurückgeht. Das würde bedeuten, dass alles noch einmal passiert, nur rückwärts. Dann sitzen du und ich in Milliarden Jahren wieder hier, auf dieser Stelle, und unterhalten uns miteinander.«

»Dann werde ich den vergangenen Samstag also noch einmal erleben?«, jubelt Hannah. Sie winkt wieder, dann springt sie auf. »Meiner Meinung nach solltest du lieber über andere Sachen nachdenken, Frits. Mehr über das

Jetzt als über das, was in Milliarden Jahren sein wird. Und jetzt gehe ich ins Wasser.«

»Und ich gehe, denke ich, nach Hause«, sagt Frits schlapp. »Ich bin noch nicht fertig mit Niederländisch.«

»Ach ja, Niederländisch«, sagt Hannah.

»Ich denke manchmal auch über ganz andere Dinge nach«, sagt Frits leise. »Über Mädchen.« Nun, da Hannah weg ist, kann er das sagen. Gestern Abend tanzten sie um ihn herum wie ein Schwarm Mücken, mehr oder weniger rhythmisch. In Wirklichkeit ist Hannah überhaupt nicht so mückig, wie er gedacht hat. Sie ist viel kräftiger. Aber gestern Abend hatte sie keine Pobacken, die beim Gehen hüpfen. Er hat nicht einmal gewusst, dass jemand so gehen kann, dass die Pobacken wippen. Vielleicht ist es kein Gehen, was Hannah da macht, vielleicht ist es ein Schreiten.

Frits zieht sein Hemd wieder an. Er schlendert durch den Sand. Direkt vor ihm gehen der bronzefarbene Mann und das Mädchen, das Feuer gehabt hat. Sie hat nun auch etwas angezogen, eine durchsichtige Bluse. Sie gehen Hand in Hand. Wie ist das möglich, dass man Hand in Hand mit einem Mädchen geht, das man vor einer Stunde noch nicht kannte?

Die Welt ist voller Wunder und er steht außerhalb. Was hat er hier zu suchen? Ein Strand ist vielleicht schön, wenn man eine Badehose anhat, bronzefarben ist und Wasser mag, aber für ihn ist das nichts.

Mit dem Fuß wirft er etwas Sand in die Höhe.

»Staub nicht so!«, ruft eine Frau böse.

Na also, hat er's doch gewusst.

Schön

Frits kennt die alten Leute nicht, die unerwartet zu Besuch gekommen sind. Aber sie kennen ihn, von früher noch. Mindestens zehnmal haben sie gesagt, wie groß er geworden ist. »Aber noch immer ein mageres Kerlchen«, meint der alte Mann.

Soll er doch mal in den Spiegel schauen! Wenn Frits mager ist, ist der Mann eine Vogelscheuche.

Sie sind frühere Nachbarn, die wegzogen, als Frits noch ein Knirps war. Zufällig sind sie in der Gegend gewesen. Und als ihnen plötzlich alle möglichen Erinnerungen an die Eltern von Frits kamen, da haben sie gedacht: Schauen wir doch mal rein. Deshalb sitzen sie jetzt da und trinken Kaffee.

Herr und Frau Wiebel – sie heißen wirklich so – tischen dauernd irgendwelche alten Kamellen aus einer fernen Vergangenheit auf, von der Frits keine Ahnung hat.

Die Mutter ruft in regelmäßigen Abständen »Ach ja!« und »Oje«. Der Vater sagt nicht so viel. Er zwinkert Frits einmal zu.

»Ich erinnere mich daran, als wär's gestern gewesen, Frits«, erzählt Herr Wiebel. »Du kamst in meinen Vorgarten getrippelt, wo ich am Arbeiten war. Du konntest noch kaum laufen, Junge. Deine Beine konnten dich gerade so tragen. Und was für dünne Beinchen es waren.

Die hast du übrigens heute noch. Das ist mir gleich aufgefallen, auch wenn du heute eine lange Hose trägst. Die Hosenbeine schlabbern um deine Beine herum. Ich bin zwar alt, aber ich kriege alles mit.« Er zieht, wie ein echter Schlauberger, mit dem Zeigefinger sein Augenlid herunter und lässt es wieder los.

Wieder zwinkert der Vater Frits zu. Der wird böse. Dass er selbst nicht weiß, was er sagen soll, reicht schon. Aber schließlich hat man nicht umsonst einen Vater. Der müsste doch mit so was umgehen können.

»Aber was ich sagen wollte«, fährt Herr Wiebel fort, »ist, dass ich noch genau weiß, was du damals zu mir gesagt hast. ›Vielleicht‹, hast du gesagt, ›werde ich genauso stark wie du. Ich will genau wie du werden.‹ Ja, du hast kaum laufen können, aber sprechen konntest du prima. Du warst schon immer ein schlaues Kerlchen.«

Frits hasst den dummen kleinen Jungen, der er offensichtlich mal gewesen ist.

»Du warst stark damals, Theo«, sagt Frau Wiebel bewundernd. »Du hast immer an deiner Kondition gearbeitet.«

Auch das noch, jetzt fällt auch noch das Wort »Kondition«. Das hat Tarzan morgens im Turnunterricht auch dauernd im Mund geführt. »Kamerling«, hat er gesagt, »du hast die Kondition eines uralten Spazierstocks. Weißt du, was ich täte, wenn ich deine Kondition hätte? Mich nicht rühren aus lauter Angst vor einem fatalen Energieverlust.«

Frits hatte sehr wohl gehört, was Dorien Elke zuflüsterte: »Ja, Frits ist der Letzte, mit dem man sich auf eine unbewohnte Insel anspülen lassen sollte.« Sie hat gelacht. Und zu seinem Bedauern findet Frits sie wunderschön, wenn sie lacht. Daran ist nichts zu ändern.

Herr Wiebel lacht auch. Er wiehert wie ein Pferd. Niki hat wirklich Glück, dass sie gerade zur Reitstunde ist. Obwohl, ihr würden solche kümmerlichen Erinnerungen nichts ausmachen, sie wurde erst geboren, als die Wiebels schon weggewiebelt waren. Es gibt Leute, die haben immer Glück.

»Ich arbeite noch immer an meiner Kondition«, sagt Herr Wiebel stolz. »Ich mache noch ohne Schwierigkeiten dreißig Klimmzüge. In meinem Alter! Kannst du mir das nachmachen, Frits?«

Nachmachen könnte er alles Mögliche, aber bestimmt keine dreißig Klimmzüge. Er hat es noch nie probiert.

»Theo macht jeden Morgen seine Gymnastik«, erklärt Frau Wiebel.

Ihr Mann nickt eifrig.

»Nackt«, sagt sie, »vor dem offenen Fenster.«

»Pfui«, sagt Herr Wiebel. »So was erzählt man doch nicht.«

»Warum nicht, Theo?« Frau Wiebel bekommt große Augen. »Wenn es doch wahr ist.« Sie beugt sich zu Frits' Mutter. »Theo ist schön, wenn er nackt ist.«

»Pfui«, sagt Herr Wiebel wieder.

»Aber so ist es«, ruft sie. »Keine Spur von Fett. Alles Muskeln. Wenn er nichts anhat, sieht Theo prachtvoll aus.«

»Kein Wort mehr davon«, mahnt Herr Wiebel augenzwinkernd.

Frits nimmt nicht an, dass irgendjemand von ihm so stur behaupten würde, er habe einen prachtvollen Körper. Er stellt sich die Mädchen vor, die er kennt. Hannah, Helen, Deborah, Elke, Dorien, Nicolette … Keine von ihnen würde so etwas sagen, ohne einen Lachanfall zu bekommen. Er wird allmählich ganz mutlos. So wie man von einem Nieselregen allmählich nass wird. Vielleicht sollte er doch mit Morgengymnastik anfangen.

Fest geklebt

Als Frits ein bisschen Klebstoff braucht, um Bilder in sein Erdkundeheft zu kleben, stellt er fest, dass Niki die ganze Tube für den Modellbaubogen eines Pferdestalls aufgebraucht hat.

Der Weise kämpft nicht gegen etwas, was unwiderruflich ist. Das hat Frits irgendwo gelesen. Deshalb wird er weise sein und nicht maulen, sondern zum Supermarkt gehen und eine neue Tube Klebstoff kaufen.

Wer es eilig hat, benutzt seine Zeit garantiert verkehrt. Auch diesen Spruch hat er irgendwann einmal gelesen.

Weil er überhaupt keine Eile hat, nimmt Frits den Weg durch den Park. Es ist ein Umweg, aber es läuft sich schöner.

Im Park steht eine Schaukel. Schon von weitem sieht Frits, dass ein Kind darauf sitzt. Ein kleines Kind. So klein, dass er nicht mal erkennen kann, ob es ein Junge oder ein Mädchen ist, auch nicht aus der Nähe. Die Mutter steht daneben. Sie ist eine sehr junge Mutter. Sie steht mit dem Rücken zu Frits und stößt das Kind auf der Schaukel an. Ihre Bluse ist hochgerutscht und Frits kann ein Stück ihres nackten Rückens sehen.

Nichts ist so nackt wie etwas unbeabsichtigt Nacktes. Frits starrt den braunen Streifen Rücken an und erschrickt furchtbar, denn auf einmal dreht sich die Mutter um.

Hat ein Blick Gewicht? Konnte sie wirklich seine Augen fühlen? Sie greift mit der Hand nach hinten, zu ihrem Rücken.

Frits will weitergehen, einfach weitergehen, aber seine Beine tun nicht, was er will. Sie setzen sich nur zögernd in Bewegung.

Und dann lächelt die junge Mutter. Unverkennbar gehen ihre Mundwinkel nach oben. Und sie macht ihre Schultern gerade, sodass sich die Bluse leicht wölbt.

»Mama, los! Mama, los!« Der Junge oder das Mädchen zerrt an ihrem Rock.

»Soll Mama jetzt schaukeln? Ja? Na gut.«

Ihre Stimme ist wunderschön, findet Frits, so klar wie die Luft.

Sie ist ein Mädchen, wie sie da schaukelt, wild und hoch. Jedes Mal sieht es aus, als fliege sie auf Frits zu, um im letzten Moment wieder auszuweichen. Dann schnellt sie zurück, nach hinten.

Ihr Rock weht hoch und sinkt langsam wieder runter. Man sieht ihre Beine! Es ist einfach nicht zu glauben, wie lang Beine werden, wenn der Rock hochgeweht wird.

Frits denkt nicht mehr ans Weiterlaufen. Er steht still wie ein Vogel, der auf einem Leimstock fest geklebt ist.

»Mama! Mama!« Das Kind ist hingefallen und liegt jetzt im Gras und weint.

Mit schabenden Füßen bremst die Mutter die Schaukel. Sie springt herab, als sie noch nicht stillsteht, und rennt zu dem Kind. »Schätzchen, ist dir was passiert?«

Sie ist überhaupt kein Mädchen mehr, sondern eine Mutter. Und ihrem Kind ist nichts passiert, es lacht schon wieder.

Frits geht weiter, immer noch ein bisschen verwirrt. Eigentlich wollte er ja nur einkaufen gehen. Auf was für verrückte Gedanken man kommen kann, sogar wenn man nur unterwegs ist, um eine Tube Klebstoff zu besorgen.

Schönheit

So, wenn er jetzt den Satz des Pythagoras anwendet, ist diese Rechnung gelöst.

$$a^2 + b^2 = c^2$$

Die Formel lässt sich benutzen wie ein Schlüssel, der vertraut in der Hand liegt und leicht ins Schloss gleitet.

Van Galen hatte ihnen die Formel beigebracht. Ein Lehrsatz, der sechs Jahrhunderte vor Christus im alten Griechenland zum ersten Mal angewendet worden war, von Herrn Pythagoras. Der bewies, dass bei einem gleichschenkligen Dreieck die Summe der Kathetenquadrate dem Hypothenusenquadrat entsprach. Nicht nur ungefähr oder zuweilen, sondern unwiderruflich und unveränderlich. Immer ist a zum Quadrat plus b zum Quadrat gleich c zum Quadrat gewesen, sogar als die Welt noch ein Feuerball war. Und immer und ewig, auch wenn die Erde nicht mehr sein würde, wird a zum Quadrat plus b zum Quadrat gleich c zum Quadrat sein. Es ist eine Wahrheit für alle Ewigkeit. Wenn man darüber nachdenkt, wird man vor Ehrfurcht ganz still.

Und der Beweis für diese Formel ist so einfach, so klar. Reine Schönheit, das ist er. Man kann sich nur darüber wundern, dass Pythagoras der Erste war, der diesen

Lehrsatz formulierte. Eigentlich hätte es in den Jahrhunderten vor Pythagoras bereits klingen müssen: a zum Quadrat plus b zum Quadrat gleich c zum Quadrat. Denn der Beweis ist so selbstverständlich, so anschaulich und elegant.

Frits hatte damals, in der siebten Klasse, sofort gefühlt, dass dieser Satz von Pythagoras der Höhepunkt von Schönheit war. Und der alte van Galen mit seiner Kreide und seinen ewig staubigen Ärmeln war ihm wie ein Hohepriester vorgekommen.

Van Galen war dann bald in Pension gegangen, der neue Mathelehrer war Kesters. Doch unveränderlich blieb für Frits der Satz des Pythagoras das Schönste, was es gab.

Frits schüttelt den Kopf. Wie die Menschen vor Pythagoras keine Vorstellung von der Schönheit des Lehrsatzes hatten, so hatte er selbst bis vor kurzem keine Vorstellung von einer anderen, sogar noch größeren Schönheit. Die hat es natürlich die ganze Zeit schon gegeben, er hatte sie nur noch nicht entdeckt.

Frits braucht seine Augen nicht einmal zu schließen, um sich Mädchen vorzustellen. Sie sind nicht so gradlinig wie der Beweis für Pythagoras' Lehrsatz. Nein, sie haben ganz andere Linien.

Mädchen, das ist Schönheit in unzählbaren Formen. Wenn man diese Schönheit erst einmal entdeckt hat, wird man vor Ehrfurcht ganz still.

Frits seufzt tief. Er ist noch nicht fertig mit der Rechnung. So geht es einem, der durchdrungen ist von der Entdeckung, dass die Welt voller unberührbarer Schönheit ist.

Im Bus

In einem Anfall von Faulheit hat Frits den Bus zur Bibliothek genommen. Aber es tut ihm jetzt schon Leid. Es ist stickig heiß in dem Bus, auch wenn der Fahrer mit offener Tür und mit offener Dachluke fährt. Vielleicht sollte seine Mutter mit dem Bus fahren. Sie klagt darüber, dass sie gerade ein bisschen zu dick ist, um die leichten Kleider zu tragen, die zu diesem Wetter gehören. Nach ein paar Tagen Busfahren hätte sie bestimmt ein paar Pfund runtergeschwitzt. Frits fühlt, wie ihm der Schweiß über Rücken und Brust rinnt. Er kann eigentlich nicht auf sein Gewicht verzichten, er ist ohnehin eine dürre Bohnenstange.

Der Fahrer bremst bei einer Haltestelle und ein alter Mann steigt ein. Er ist ein wirklicher Herr, er trägt einen schönen Anzug, komplett mit Weste. Und er hat einen Regenschirm dabei. Frits fragt sich, warum jemand bei diesem Wetter einen Regenschirm mit sich trägt. Ist dieser Herr vielleicht immer auf das Schlimmste vorbereitet?

Der Bus fährt an, bleibt aber kurz darauf wieder stehen. Frits sieht, warum. Ein Mädchen kommt angerannt. Ihre Beine bewegen sich schnell. Frits kann sie genau sehen. Sie trägt ein sehr kurzes Hemd. Ihr Bauch ist nackt.

Sie hüpft herein. »Danke fürs Warten«, sagt sie.

Der nackte Bauch hat einen Nabel. Man kann es nicht ändern, man muss den Nabel anschauen.

»Gern geschehen«, sagt der Fahrer.

Frits nickt. So ein Nabelmädchen lässt niemand einfach stehen. Er hätte auch auf sie gewartet. Sie ist jemand, für den man den gesamten Fahrplan über den Haufen wirft.

Sie geht an ihm vorbei nach hinten. Dicht vor seinen Augen schwebt der Nabel vorbei. Ein Nabel ohne Boden. Nein, das gibt es natürlich nicht, aber es sieht so aus.

Für seinen eigenen Nabel würde kein Bus stehen bleiben, der ist nur ein seltsamer Hubbel.

Der Busfahrer fährt schnell, als müsse er die Zeit aufholen. Frits schwitzt. Wie ist es nur möglich, dass das Nabelmädchen aussieht, als würde ihr die Hitze nichts ausmachen?

Auf den Plätzen hinter ihm unterhalten sich zwei Frauen miteinander. Die eine erzählt der anderen von ihrer Tochter Janneke. »Gestern war Janneke bei einer Geburtstagsfeier«, sagt sie.

»Oh«, antwortet die andere uninteressiert.

Auch Frits findet die Mitteilung nicht gerade umwerfend.

»Ja, bei Hester, die auf dem Bauernhof wohnt, außerhalb der Stadt. Wir haben allerdings nicht gewusst, dass Hesters Eltern nicht da waren. Das hat mein Mann erst mitgekriegt, als er Janneke um halb zwölf abgeholt hat. Er ist mit dem Auto auf den Hof gefahren und im Scheinwerferlicht sind nackte Hinterteile aufgetaucht.«

»Das ist nicht wahr!«, stöhnt die andere Frau.

Auch Frits ist nun ganz und gar aufmerksam.

»Doch, doch! Wie Kaninchen sind sie vor dem Licht geflohen.«

Kaninchen fliehen nicht vor dem Licht, das weiß Frits ziemlich sicher. Die bleiben wie hypnotisiert stehen und starren ins Licht. Aber das ist nun egal. Er drückt sich gegen die Rücklehne.

»Mein Mann hat sich natürlich Sorgen um Janneke gemacht.«

»Natürlich, natürlich«, sagt die andere verständnisvoll.

»Er ist in die Tenne gerannt. Und dort saß sie. Ganz allein in der Ecke. Als würde sie sich für ihre Umgebung schämen, als würde sie nichts damit zu tun haben wollen, hat mein Mann später gesagt.«

»Was für eine Erleichterung.«

»Das kann man wohl sagen. Da sieht man doch, dass die ganze Erziehung nicht vergebens gewesen ist«, sagt Jannekes Mutter. »Das ist aber noch nicht alles. Denn Willie, du weißt schon, Jannekes Freundin, sollte nach dem Fest bei uns schlafen. Mein Mann hat sich umgeschaut, aber keine Willie entdeckt. Also hat er sich auf die Suche gemacht. Schließlich hat er sie mit einem jungen Mann im Obstgarten gefunden. Stell dir das vor!«

Das tut Frits.

»War sie … war sie entkleidet?«, fragt die andere neugierig.

Das hat sich Frits auch gerade gefragt.

»Nein, natürlich nicht«, sagt Jannekes Mutter heftig. »Du bist mir eine! Das hätte ja gerade noch gefehlt. Es war schon schlimm genug, wie sie und dieser Kerl sich geküsst haben. Sie hatte die Arme ganz fest um seinen Hals gelegt und wollte ihn nicht loslassen.«

Oh, dass es Mädchen gibt, die so küssen wollen! Da könnte es also passieren, dass ein Nabelmädchen einem Jungen die Hände um den Hals legt. Sie lässt ihn nicht los und Frits sie natürlich auch nicht. Und drum herum ist ein schöner Obstgarten. Frits seufzt. Das Leben könnte so schön sein. Sie hat einen Nabel wie ein Trinkbecher, das Mädchen mit dem kurzen Hemd.

»Mein Mann musste wirklich Gewalt anwenden, um Willie von diesem Jungen loszukriegen. Sie musste doch mit, nicht wahr? Sie sollte bei Janneke schlafen, das war abgemacht. Und wir sind ordentliche Menschen. Was wir versprechen, halten wir.«

»Das liegt alles nur an diesem Wetter.«

»Glaubst du?«, fragt Jannekes Mutter.

»Bestimmt. Es ist viel zu plötzlich schön geworden. Das lässt das Blut der Kinder schneller strömen. Daran liegt es, wenn du mich fragst.«

»Hoffentlich kommt bald ein richtiges Gewitter, damit sie auf andere Gedanken kommen. Dann werden sie vielleicht wieder normal. Auch wenn wir uns über Janneke nicht beklagen können.«

Frits schaut aus dem Fenster. Die Straße ist sonnenüberflutet. Straßen voller Mädchen. Mädchen, die alle in einem Obstgarten ihre Arme um seinen Hals legen könnten, wenn sie es zufällig wollten.

Gierig betrachtet Frits die Mädchen im Licht. Er kann nichts dafür, es liegt alles nur am Wetter.

Lockender Duft

Frits hat sich mit Martje in der Musikschule verabredet. Von dort wollen sie zusammen zur Bibliothek gehen, die sich im selben Gebäude befindet. Er schaut auf die Uhr. Es ist früh, er hat noch genug Zeit. Martjes Geigenstunde ist noch nicht vorbei.

Langsam schlendert Frits durch die Stadt. Die ist voller Menschen mit unvergleichlich vielen nackten Armen und Beinen. Nackte Rücken sieht man auch genug. Nackte Nabel nicht.

Ein starker Duft steigt ihm in die Nase, süß und benebelnd. Eine Frau überholt ihn trippelnd und ihr Parfüm weht um sie herum wie ein weites Kleid. In Wirklichkeit trägt sie einen sehr engen Rock. Der Stoff spannt sich um ihren Körper. Wie ein Kokon. Wenn sie herauskommt, wird sie vielleicht ein anderes Wesen, so wie ein Schmetterling einmal eine Raupe war.

Weiß ein Schmetterling eigentlich noch etwas von seiner früheren Existenz? Frits glaubt das nicht, aber begründen kann er diese Angaben nicht. Er muss nachher Martje fragen. Sie weiß viel mehr über Insekten als er. Ach, das ist Unsinn. So etwas weiß Martje natürlich auch nicht. Niemand kann wissen, was sich im Kopf eines Schmetterlings abspielt. Man weiß es ja nicht mal bei Menschen. Zum Glück. Er darf sich gar nicht vorstellen, wie das wäre, wenn jeder wüsste, was für seltsame Dinge er über Mädchen denkt.

Kein Wunder, dass die Frau trippelt. Der Kokonrock spannt bis dicht über ihren Knien. So kann man keine normalen Schritte machen, sondern nur ganz kleine. Erstaunlich, was sie mit diesen winzigen Schritten für ein Tempo entwickelt. Sie muss sehr viele Schritte in kurzer Zeit machen.

Frits riecht ihr Parfüm nicht mehr, so weit ist sie jetzt schon vor ihm. Er beschleunigt seine Schritte. Ab und zu schnuppert er. Ja, jetzt ist er wieder in ihrem Duftkreis.

Es ist ihm vorher nicht aufgefallen, doch jetzt sieht er deutlich, wie rund ein Po in einem so engen Rock ist. Rund wie die Weltkugel. Und diese Weltkugel bewegt sich auch noch! Nach links, nach rechts. Nach links, nach rechts. Bei jedem hastigen Trippelschritt bewegt sich die Welt. Nun biegt die Weltkugel um die Ecke. In diese Straße muss Frits auch einbiegen, wenn er zu Martjes Musikschule gehen will. Jetzt riecht er das Parfüm wieder ganz deutlich. Ein schwerer Geruch. Wenn man ihn eine Weile einatmet, riecht man sonst nichts mehr.

Ein Nachtfaltermännchen riecht den Duft eines Weibchens kilometerweit. Und fliegt darauf zu. Je näher er kommt, umso bestimmender wirkt der Duft auf ihn. Schließlich gibt es nur noch diesen Duft für ihn, nur noch das Weibchen.

Frits atmet tief ein. Menschen sind keine Nachtfalter. Nicht nur Insekten, auch andere Tiere arbeiten mit lockenden Düften. Es ist noch nicht so lange her, da war die kleine Pudelin ihrer Nachbarn läufig. Und die ganze Zeit lag ein großer Schäferhund auf dem Gartenweg. Wenn Leute aus dem Nachbarhaus kamen, wurde der Schäferhund ganz aufgeregt und fröhlich. Er wedelte, bellte und sprang an den Leuten hoch, denn sie hatten den Duft der kleinen Pudelin an sich. Aber nie waren sie die Pudelin selbst, und das hat der Schäferhund auch gemerkt, jedes Mal. Dann hat er vor lauter Enttäuschung tief geseufzt und sich wieder auf den Weg gelegt.

Die Frau in dem engen Rock muss offenbar auch zur Musikschule, denn die Welt biegt in die schmale Gasse ein, die eine Abkürzung zu dem Haus ist.

Man atmet nur noch Parfüm, wenn man so dicht hinter ihr läuft.

Frits fand den Schäferhund so rührend, dass er ihm am liebsten jedes Mal den Kopf gekrault hätte, wenn er hinausging. Er hatte es aber nur ein einziges Mal getan. Du lieber Himmel, wie böse da der Hund geknurrt hatte. Er hatte nicht das geringste Interesse an Frits, und zwar nur, weil Frits nicht nach der Pudelin roch.

Mit einem Ruck dreht sich die Frau in dem Kokonrock um.

Von vorn sieht sie viel älter aus als von hinten.

»Ekelhafter Kerl«, schnauzt sie, »hör endlich auf, mir nachzulaufen!«

Verblüfft bleibt Frits stehen. Nachlaufen? Er muss doch bloß zur Musikschule. Bevor er das sagen kann, ist sie schon weg. Ihr Tempo ist noch höher als vorhin, trip, trip, trip. Die Erde dreht sich so schnell wie nie zuvor.

Frits riecht nichts mehr von dem Parfüm.

Er seufzt tief. Vielleicht weiß sie nicht mal, dass sie einen derart verlockenden Duft verströmt. Wie weit haben sich die Menschen doch von der Natur entfernt.

Nach dem Unwetter

Das Gewitter war gekommen. Und danach schien es zwei Tage lang, als sei der Frühling, der dem Sommer so sehr glich, wieder verschwunden. Verschwunden waren auch die nackten Arme und Beine.

Die Mädchen hatten wieder lange Pullover und lange Hosen an. Beim Radfahren, auf dem Weg zur Schule oder nach Hause kamen noch Regenmäntel darüber, und Kapuzen verbargen plötzlich Haare und Ohren.

Frits' Opa hatte einmal gesagt: »Wenn man den Geschmack von echtem Cognac kennt, begnügt man sich nicht mehr so schnell mit was anderem.«

Opa war damals auf Besuch gewesen und die Eltern hatten keinen echten Cognac zu Hause. Obwohl Frits keinen Cognac trinkt, begriff er auf einmal, dass der alte Mann Recht gehabt hat.

Alle maulten über das Wetter. Sogar Martje machte mit. »Man fühlt sich ein bisschen bestohlen«, sagte sie.

So war es. Frits fühlte sich bestohlen, nun, da er wusste, wie viel Schönheit durch die Kleidungsstücke verborgen wurde.

Und die Frau im Bus hatte nicht Recht gehabt. Frits kam nicht auf andere Gedanken durch die Kühle und den Regen. Er dachte noch immer vorwiegend an Mädchen. Er zeichnete als Hausaufgabe eine geometrische

Figur für Mathe. Und er sah mit eigenen Augen: Es war eine Brust, eine feste, spitze Brust.

Die nächste Aufgabe ergab ein anderes Bild. Es war einfach eine andere Brust. Denn es gibt so viele verschiedene Brüste wie geometrische Formen.

Mädchen haben Brüste. Weil es ihre eigenen Brüste sind, können sie sie einfach anfassen, wenn sie Lust dazu haben, während Frits vielleicht nie eine Brust berühren wird.

Auch nach zwei Tagen Kälte dachte Frits an nichts anderes. Und die Mathematik wurde daher nie wieder so, wie sie früher gewesen war. Etwas, das Schönheit aus der eigenen Logik zog, ohne jeden Hintergedanken.

Nein, es liegt nicht am Wetter. Es liegt an ihm. Er wird nie mehr der Junge sein, der er einmal gewesen ist. Es wird nie mehr »normal« und eigentlich will er das auch gar nicht.

Nach drei Tagen ist der Frühling wieder da, voller Sommerwärme. Und auch die Mädchen sind wieder so, wie sie waren. Man braucht nicht mehr zu vermuten, wie schön sie sind, man kann es sehen. So schön, dass man sie anfassen möchte.

Und sie sind überall um einen herum, sodass man es einfach tun könnte. Wenn man sich trauen würde und wenn sie einverstanden wären. Frits traut sich nicht, denn sie wären bestimmt nicht einverstanden. Er glaubt nicht, dass jemals etwas daraus werden wird.

Unveränderlich schön sind sie, auch nach dem Unwetter, und unveränderlich unerreichbar.

Schlankes Schilfrohr

Frits bringt Martje das Buch »Kinderjahre« von Jona Oberski zurück, das er sich von ihr geliehen hat. Nun ja, eigentlich von ihrem Vater.

»Wie hat es dir gefallen?«, fragt er.

»Es ist ein Buch, das man selbst besitzen sollte«, sagt Frits neidisch.

Martjes Vater nickt zufrieden. »Das ist ungefähr das größte Lob, das man einem Buch aussprechen kann.«

»Der Meinung bin ich auch«, sagt Martje. »Ich habe mir schon überlegt, es in mein Bücherregal zu stellen.«

Sie darf das. Sie darf einfach den Bücherschrank ihrer Eltern plündern. Ihr Vater jammert dann zwar über Piraterie und Brandschatzung, aber zugleich sieht er fröhlich aus. Es ist schade, findet Frits, dass seine Eltern in dieser Hinsicht viel strenger sind.

»Willst du Tee?«, fragt Martje.

Frits schüttelt den Kopf. »Ich muss noch Französisch machen.«

»Das ist nicht so viel.«

»Und heute Morgen war meine neue Schachzeitung bei der Post«, gibt er zu.

Sie schlägt ihm leicht mit den »Kinderjahren« auf den Kopf. »Also bis morgen.«

An seinem Haus will Frits gerade in den Vorgarten

abbiegen, da sieht er einen Jungen und ein Mädchen den Gehweg entlang kommen. Verdammt, diesen Typen kennt er, das ist der dicke Bert. Der war mit ihm auf der Grundschule.

Der dicke Bert ist in der dritten Klasse sitzen geblieben. So war er in die Klasse von Frits gekommen. Er war auch schon vorher einmal sitzen geblieben, sodass er überdeutlich der Größte und Stärkste der Klasse war. Und das ließ er die anderen fühlen.

Frits hat lange nicht mehr an den dicken Bert gedacht und dabei hat er damals dauernd an ihn gedacht, weil er Angst vor ihm hatte.

Berts Stimme war wie die einer Kuh, die gemolken werden muss. Mit dieser Stimme brüllte er seine Aufträge über den Schulhof. Und seine Schimpfworte.

Und da geht er jetzt. Er sieht noch immer wie ein Dudelsack aus. Genau wie früher, nur noch größer und dicker. Deshalb glaubt Frits seinen Augen nicht, als er sieht, wer neben Bert geht: ein Mädchen, so rank und schlank, dass man unwillkürlich an ein Schilfrohr denken muss.

Er schaut noch einmal genau hin. Ja, es ist wirklich wahr: ein zerbrechliches Schilfrohr und zugleich so geschmeidig wie Gras.

Sie hat ein ernstes Gesicht, als denke sie viel nach. Das Gesicht einer Heiligen auf einem alten Gemälde. Ihr T-Shirt sitzt so eng, dass man deutlich sieht, wie zwei Hügel sich abzeichnen. Die Kirschen darauf sieht man auch. Schnell lässt Frits den Blick höher wandern. Ihre Augen sind so groß, dass sie unschuldig aussehen. Heilige Unschuld, das ist es! Wie kann so ein Mädchen neben dem dicken Bert gehen, als würde sie ihn kennen?

Ihre Taille ist so schlank, dass man probieren möchte, ob man sie mit einem Arm umfassen kann. Das tut der dicke Bert auch. Sein Arm ist wie eine Würgeschlange. Vielleicht bedroht er das Mädchen. Früher, in der Schule, hat er auch immer Mädchen geschlagen.

Bert schaut auf Frits nieder, als er vorbeigeht. Er ist noch immer viel größer. »Buh!«, sagt er plötzlich. Er hat noch immer die Kuhstimme.

Das Mädchen lacht leise. Ihr Lachen klingt tatsächlich wie das Klirren kleiner Glocken. Man hält es nicht für möglich, dass es überhaupt so ein Lachen gibt.

»Dieses Männchen da kenne ich noch von der Schule«, brüllt Bert die Heilige neben sich an. »Damals war er schon ein Idiot, der ab und zu einen Schubs gebraucht hat.«

Frits schaut ihnen nach. Geht sie wirklich aus freien Stücken neben ihm?, überlegt er. Ein Mädchen wie sie sollte es doch besser wissen.

Doch es sieht tatsächlich so aus. Denn ihre Hand steckt noch immer in Berts Hosenbund und ruht auf seinem Hintern. Eine Hand mit fünf nackten Fingern. Frits seufzt tief.

Und er seufzt immer wieder, als er über seinem Französischbuch sitzt. Er denkt nicht an das Passé simple, sondern an raschelndes Schilfrohr, an Ried, das sich biegt und wieder aufrichtet. Das ist einfach neben Bert hergelaufen, als sei es das Selbstverständlichste von der Welt.

Frits versteht das Mädchen nicht, er versteht die Welt nicht, wie soll er da einen französischen Text verstehen?

Er seufzt.

Zwerghirsch

Bloemers fragt nach den Büchern, die sie gelesen haben. Johns Stimme stottert durch die Klasse. »Euh … et le commissaire Maigret … euh …«

Wenn man ihm zuhört, würde man nie vermuten, dass Französisch eine wohlklingende Sprache sein könnte. John wird Französisch mit Vergnügen abwählen. Frits wird Französisch behalten, das weiß er genau.

Er hat »Les jeux sont faits« gelesen. Das Buch erzählt von einem Mann und einer Frau, die für einander geboren sind, sich in ihrem kurzen Leben aber nie treffen. Doch nun, nach ihrem Tod, bekommen sie noch einmal die Chance, ein Liebespaar zu werden. Und dann wird wieder nichts daraus. Denn beide müssen dringend noch etwas aus ihrem abgebrochenen Leben in Ordnung bringen.

Eine wunderschöne und traurige Geschichte ist das. Wunderschönes und Trauriges gehen oft zusammen. Aber nicht immer. Zum Beispiel bei Mädchen. Die können wunderschön sein, ohne dass etwas Trauriges an ihnen ist. Daran denkt Frits, als er Nicolettes Ohr betrachtet.

Nicolette hat den am französischsten klingenden Namen der Klasse. Grund genug für Frits, sie während der Französischstunde zu betrachten. Seltsam, dass ihm nie zuvor aufgefallen ist, was für schön geformte Ohren sie hat, wo er sie doch während aller Französischstunden betrachtet.

Und was für ein schönes Wort ist »Ohrmuschel«, es klingt so zerbrechlich. Nicolettes Ohrmuschel sieht wirklich aus, als müsse man sehr vorsichtig mit ihr umgehen. Als dürfe man nur sehr leise, sehr liebe Worte hineinsagen.

»Ich sage meinem früheren Leben für immer Lebewohl, nun, da ich die Chance auf ein neues Leben mit dir bekommen habe.« So etwas muss man in so ein Ohr flüstern.

Oder man haucht nur ihren Namen hinein. Oder man summt eine Melodie und sie hört zu, weil sie nicht anders kann.

Nein, das ist kein guter Gedanke. Da käme er sich ja vor wie ein Walkman. Und Nicolette hat schon oft genug Kopfhörer auf und dann hört sie sonst gar nichts.

Schade, ein so schönes Ohr mit einem Walkman zu versauen. Ein Ohr, das dafür gemacht zu sein scheint, dass man vorsichtig daran knabbert.

Und dann, während er fühlt, wie das Blut in seine Wangen strömt, denkt Frits plötzlich an die Zwerghirsche. Die hat er letztes Jahr in den Ferien im Tierpark gesehen. Damals war es auch so warm gewesen.

Der Wärter hat ihn auf die Ohren des Zwerghirschweibchens hingewiesen. Sie hatte fast keine. »Nicht mehr«, sagte der Wärter. »Das Männchen knabbert während des Liebesspiels daran. Und ehrlich gesagt, ich weiß nicht, ob es eine Folge der Gefangenschaft ist oder ob die Tiere das in Freiheit auch so halten.«

Nicolette hat noch ihr ganzes Ohr. Unverletzt und heil.

Es muss wunderbar sein, ein Zwerghirschmännchen zu sein. Schade, dass es kein Gebäck in der Form von Nicolettes Ohr gibt. Sehr viele Jungen würden eine Tüte Öhrchen kaufen, da ist Frits ganz sicher. Er würde …

Fast fällt er von seinem Stuhl. Der Stoß von Hein kam unerwartet und etwas zu fest. »Bloemers hat schon zweimal deinen Namen genannt«, flüstert er.

Frits stößt vor Schreck ein paar Vokale aus.

»Gott verdammt! Was für ein Dödel!« Hell und laut klingt Nicolettes Stimme.

Ein schlechtes Französisch, doch Bloemers korrigiert sie noch nicht einmal. Sie strahlt sogar, während die Klasse laut lacht.

Man braucht kein Hellseher zu sein, um zu wissen, dass auch Nicolette Französisch abwählt. Schade, wohin soll er dann bloß schauen während des Unterrichts?

Gassi gehen

Frits sitzt mit seinem Vater und Frans im Garten. Wijntje hat beschlossen, Thom im Haus zu stillen. Das ist gut, da muss Frits nicht krampfhaft auf die andere Seite schauen. Niki und die Mutter sind bei Wijntje im Haus.

Frans erzählt von den Plänen, die er für Thom hat. Bei dieser Hitze spricht er träge. Wenn Thom etwas größer ist, wird er einen Hund kaufen. Ein junger Hund scheint ihm sehr gut zu sein für ein heranwachsendes Kind. Da hat der Junge immer einen Spielkameraden.

»Hunde«, murmelt der Vater versonnen vor sich hin.

Jetzt kommt natürlich wieder die Geschichte von dem Schäferhund.

Der Vater radelte immer auf demselben Weg zum Institut. Und dann war auf einem kleinen Feldweg plötzlich der Schäferhund da. Drei Tage hintereinander trieb er den Vater zu halsbrecherischer Geschwindigkeit an. Der konnte sich nicht einmal beim Besitzer beklagen, denn wenn er sich auf der Fahrt dem Haus näherte, kam das Biest schon herausgestürmt. So blieb das Herrchen unerreichbar. Nach drei Tagen wählte der Vater eine andere Route. Ein Umweg, aber schäferhundfrei.

Grundsätzlich ist das eine spannende Geschichte, voll wüstem Knurren und Bellen. Und der Vater kann dabei solche Grimassen ziehen, dass man ihn fast nicht erkennt. Aber Frits hat keine Lust, sie noch einmal zu hören.

Nein, sein Vater spricht diesmal gar nicht über Schäferhunde. Er spricht mit Frans über Anneke. Sie ist Bedienung in der Institutskantine und lässt sich jetzt, nach vier Jahren Ehe, scheiden. Und zwar, weil ihr Mann einen Hund ins Haus geholt hatte und wollte, dass Anneke abends mit dem Hund Gassi ging, während er noch ein Bier trank.

An diesen Abenden traf der Hund immer wieder einen anderen Hund. Am anderen Ende von dessen Leine war ein Mann. Anneke traf diesen Mann sozusagen Abend für Abend. Und sie unterhielten sich miteinander, während die Hunde tobten.

»Eins kommt zum anderen. So war es auch bei Anneke. Es fängt mit dem Hund an und …« Hier endet der Bericht des Vaters.

Frits findet die Geschichte sehr lieb. Nicht wegen Annekes biertrinkendem Ehemann, aber sonst.

Er hat keinen Hund, aber es ist gut möglich, dass er jeden Abend mit dem Tier Gassi gehen würde, wenn er einen hätte.

»Komm«, würde er sagen und sein Hund würde springen vor Freude. Draußen würde der Hund herumtollen und Frits mit federnden Schritten nebenhergehen. Dann träfe er sie, das Mädchen mit dem Hund.

Die Tiere tollen durch das Gras. Frits und das Mädchen schauen ihnen lächelnd zu.

»Wie geht es dir?«, fragt das Mädchen. Sie hat lange Haare. Es ist nicht schlimm, dass sie ein bisschen eitel ist und sich ab und zu mit einer Bürste durch die prachtvolle blonde Haarpracht fährt. Das ist ganz normal bei Mädchen, deren Haare bis zum Po reichen.

Elke, aus Frits' Klasse, tut das auch oft. Nur nicht im Niederländischunterricht, denn Sjef hat es ihr wütend verboten. Elke vermutet, weil er selber anfängt, kahl zu werden.

»Es ist doch alles in Ordnung, oder?« Das Mädchen hakt nach, denn Frits hat ihr noch immer nicht geantwortet. Sie legt erschrocken die Hand auf seinen Arm, so dicht stehen sie beieinander.

»Alles in Ordnung«, beeilt sich Frits zu versichern. Er war nur in Gedanken. Er hat nämlich gerade »Animal Farm« gelesen, für Englisch, und das Buch lässt ihn nicht los.

Das Hundemädchen nickt verständnisvoll. Sie versteht alles. Das liegt daran, dass sie jeden Abend in der warmen Dämmerung leise Gespräche führen.

Frits erzählt vom Arbeitspferd Boxer, abgearbeitet und alt, das vom Abdecker weggeführt wird. *Boxer was never seen again. – Boxer wurde nie mehr gesehen.* Das ist ein Satz, den man fast nicht trockenen Auges lesen kann. Nicht weil der Satz selbst so schön ist, es ist eigentlich ein normaler Satz, aber er wird so großartig durch das, was dem Satz vorangeht.

Das Hundemädchen lehnt sich nun fast an ihn, so gut begreift sie ihn.

»Eigentlich«, erklärt Frits, »mag ich überhaupt keine Geschichten, in denen sich Tiere wie Menschen verhalten. Doch bei ›Animal Farm‹ ist das anders. Das ist nämlich kein normales Buch, es ist ein ganz besonderes.«

Sie berühren sich mit den Körpern. Sie nickt. Sie weiß, was er meint, denn sie weiß, wie er ist.

Dann küsst sie ihn auf den Mund, flüchtig und zart. Als ob die Lippen von einer Blüte berührt werden. Dann läuft sie davon, schnell, als sei sie zu weit gegangen. Der Hund rennt ihr nach. Und Frits schaut ihr nach. Morgen Abend wird sie wieder hier sein.

»Frits!«

Er erschrickt. Was für eine Stimme sein Vater manchmal hat!

»Ich habe schon dreimal gefragt, ob du nicht für Frans und mich zwei Bier aus dem Kühlschrank holen kannst.«

Maulend steht Frits auf. Kann man denn nicht mal in Ruhe dasitzen und darüber nachdenken, wie schön es wäre, wenn man einen Hund hätte?

Die Hand

Tarzan hat seine Wohnung für ihren Klassenabend zur Verfügung gestellt. Das ist nett von ihm. Er ist auch ein sehr guter Gastgeber Lampe gegenüber, die als Klassenlehrerin anwesend ist. Er spricht viel und fröhlich mit ihr.

Frits strolcht etwas verloren herum. Schade, dass Martje nicht kommen konnte, aber Freitagabend ist schon seit Jahren der Abend, an dem sie mit ihrem Ensemble probt. Er nähert sich einer Gruppe, bei der auch Hein und Hannah sitzen.

»Wir sind verrückt nach Fußball, nicht wahr, Elke?«, gurrt Nicolette.

Elke nickt so heftig, dass ihre langen Haare wehen.

»Am Sonntag schauen wir uns wieder ein Spiel an, oder, Elke?«

»Mit der Mannschaft, die in der Tabelle auf Rang sechs steht.« Elke rollt mit den Augen. »Schöneren Fußball sieht man nirgends.«

»Das verstehe ich nicht«, sagt Frits zögernd. »Es gibt doch fünf Fußballmannschaften, die ranghöher sind als die sechste.«

»Stimmt«, sagt Hein.

»Dann sind sie doch auch besser? Dann sieht man dort doch schöneren Fußball?«

»Ach, die Mädchen meinen einfach …«, beginnt Hein.

Doch Elke und Nicolette biegen sich vor Lachen, sodass Frits ihn nicht mehr versteht.

»Du hast keine Ahnung von Fußball, oder, Frits?«, prustet Elke.

Frits schüttelt den Kopf. Nein, er versteht nicht viel von Fußball. Er schaut ihn sich nie an.

»Treibst du eigentlich Sport?«, fragt Nicolette kichernd.

»Ja«, sagt Frits, »ich spiele Schach.«

»Und mit äußerster Kraftanstrengung befördert er manchmal seine bleischweren Bauern um zwei Felder vorwärts«, ruft Tarzan.

Frits hat nicht gemerkt, dass dieser ihr Gespräch von weitem verfolgt hat.

Lampe murmelt ihm etwas zu. Sie nähert sich der Gruppe. Tarzan zuckt mit den Schultern und folgt ihr.

»Das Einzige, was ich vom Schachspielen weiß«, sagt Lampe, »ist, dass Schachgroßmeister – ist das richtig, Frits? – eine ganze Partie spielen können, ohne das Brett und die Figuren zu sehen. Blindspielen nennt man das, nicht wahr? Das finde ich einfach phantastisch.«

Sie ist so begeistert, dass Frits grinst. »Eine Partie? Den offiziellen Weltrekord hält Najdorf. Der spielte an fünfundvierzig Brettern gleichzeitig blind. Seine Gegner dagegen sahen Brett und Figuren.«

»Wirklich?«, fragt Hein. »Fünfundvierzig Partien gleichzeitig aus dem Kopf? Wie ist das möglich?«

»Es war jedenfalls sehr ungesund«, erzählt Frits. »Als das Mammutspiel vorbei war, konnte Najdorf nicht mehr schlafen. Er hat Alkohol getrunken, er nahm Schlafmittel, aber nichts half, er blieb wach. In seinem Kopf ging es immer weiter. Najdorf war davon überzeugt, dass er drauf und dran war, wahnsinnig zu werden.«

»Und? Wurde er das?«, fragt Lampe.

»Nein. Er hatte schon ein paar Tage nicht geschlafen, da ist er ins Kino gegangen. Und dort, bei einem Film, ist er schließlich eingeschlafen. Was Najdorf getan hat, war wirklich unglaublich, aber eine Partie blind zu spielen ist nichts Besonderes.«

»So, so«, sagt Tarzan. »Du hältst es also für nichts Besonderes, wenn jemand Schachgroßmeister wird!«

»Das habe ich nicht gesagt«, protestiert Frits. »Aber jeder, der ein bisschen besser spielt, kann eine Partie blind spielen. Dafür braucht man kein Schachgroßmeister zu sein.«

»Willst du behaupten, dass du das kannst?«

»Hmmm, also … ja.«

»Du lieber Himmel, was bist du doch für ein Angeber.«

»Das glaube ich nicht«, sagt Hein nachdenklich. »Ich bin schon drei Jahre mit Frits in der Klasse und ich habe ihn noch nie beim Angeben erwischt. Ich glaube, dass er es kann, wenn er es sagt.«

»Was heißt da glauben? Sehen!« Tarzan geht mit schweren Schritten zum Schrank und holt ein großes Schachbrett heraus.

»Spielst du Schach?«, fragt Lampe erstaunt.

»Nicht mehr. Früher schon, in meiner Studentenzeit. Bis ich beschloss, dass ich meine Zeit besser verwenden könnte. Doch ich kann es noch gut genug, um jemanden, der die Figuren nicht sieht, vom Brett zu fegen.« Er schaut Frits grinsend an.

Die ganze Klasse wird plötzlich aufmerksam. Die

meisten drängen sich um den Tisch, wo Tarzan breit hinter den aufgestellten Figuren sitzt. »Bauer e2 geht nach e4«, meint er.

Frits setzt sich auf einen Stuhl, mit dem Rücken zum Tisch. So kann er das Brett keinesfalls sehen. Um ihn herum lungern Nicolette und Elke, auch Hein ist in der Nähe.

»c7 geht nach c5«, antwortet Frits deutlich.

Nach sechs Zügen entsteht ein aufgeregtes Gemurmel. Frits schließt die Augen, um sich zu konzentrieren.

»Er kann es wirklich«, hört er Elke laut sagen.

»Hab ich doch gesagt.« Das ist Hein.

»Toll!« Wer das gesagt hat, weiß er nicht.

»Er ist wirklich ein bisschen genial«, seufzt Nicolette. »Atemberaubend gut, echt.«

Frits fühlt eine Hand, als er über seinen elften Zug nachdenkt. Die Hand ruht auf seiner Schulter. Und die Finger gehen unter sein Hemd. Nägel kratzen zart über seine Haut. So kann er nicht denken! Das lenkt schrecklich ab. Er schiebt die Hand weg. »Läufer schlägt auf h3.« Er schiebt die Hand weg. »Läufer schlägt auf h3.« Er startet jetzt schon einen gewaltigen Angriff, Tarzan hat keine Chance.

Plötzlich dringt die Erkenntnis, dass eine Hand seine nackte Haut berührt hat, voll zu ihm durch. Er atmet so tief, dass es sich wie ein Seufzen anhört, öffnet die Augen und schaut sich um.

Nicolette und Elke stehen hinter ihm. Von welcher war die Hand?

»Bauer g2 schlägt auf h3«, bellt Tarzan.

Frits schließt die Augen. »Pferd schlägt mit Schach auf

h3.« Das ist ein Zug, über den er nicht nachdenken muss. Jetzt vermisst er die Hand. Wie blöd von ihm.

Die Partie dauert nicht lange. Den sechzehnten Zug nennt Frits mit offenen Augen. »Dame f2. Matt.«

»Du kannst es. Herzlichen Glückwunsch.« Tarzans Gesicht ist rot.

Dann braust der Applaus durch das Zimmer, Frits wird zugejubelt. Lampe hüpft förmlich vor Aufregung.

Hein kommt mit einem Glas Cola. »Einen Schluck für den zukünftigen Großmeister«, sagt er.

»Das werde ich leider nie«, sagt Frits.

»Quatsch keinen Blödsinn«, brummt Hein. »Wenn du das kannst, bist du ein großer Schachspieler.«

»Nein«, sagt Frits. »Ich spiele gerade gut genug, um zu verstehen, dass ich nie spielen werde, wie es die großen Schachspieler tun.«

»Meinst du das im Ernst?«

Frits nickt.

»Nun, dann kann ich nur hoffen, nie so gut zu werden wie du«, sagt Hein. »Das scheint mir nicht besonders angenehm zu sein.«

Was soll man darauf antworten? Frits schaut sich um. Wo ist Elke? Oder war es Nicolettes Hand?

Er entdeckt Nicolette neben der Schale mit Gurkenscheiben. Frits springt auf. Er möchte auch Gurken. Seine Hand berührt die von Nicolette. Kein Prickeln des Wiedererkennens.

War es doch Elkes Hand? Sie unterhält sich mit George. Frits zittert. Er hat Heimweh nach jener Hand, die ihn nur kurz berührte.

Fußballer

Nach langem Suchen bekam Frits durch die Stadtzeitung heraus, dass die sechste Fußballmannschaft am Sonntagmorgen um halb zwölf spielen würde.

Es ging schon auf zwölf zu, als er das las. Und auf dem Sportgelände dauerte es noch eine Weile, bis er herausfand, auf welchem Platz die sechste spielte.

Deshalb ist es bereits Halbzeit, als er Nicolette und Elke trifft. Er hat sie schon von weitem gesehen, zwei hellgelbe Flammen. Das liegt an ihren Kleidern.

»Was hast du denn um Himmels willen hier zu suchen?«, fragt Elke.

Auf diese Frage ist Frits vorbereitet.

»Ihr habt am Klassenabend doch gesagt, dass man hier den schönsten Fußball genießen kann, oder? Nun, davon will ich mich mit meinen eigenen Augen überzeugen«, sagt er so beiläufig wie möglich.

Leider stottert er ein bisschen. Das liegt daran, dass er sich bei seiner Vorbereitung diese Frage weniger schnippisch, sondern wärmer, erfreuter vorgestellt hatte. In seinen Gedanken waren Elke und Nicolette froh, ihn zu sehen. Nun tun sie, als wäre er Luft. Trotzdem ist es noch keine neununddreißig Stunden her, dass sie ihn toll gefunden haben. So toll, dass eine von ihnen seine Haut berührt hat, einfach von sich aus.

»Sie kommen wieder aufs Feld«, ruft Nicolette.

»Angreifen! Angreifen!« Erstaunlich, wie laut Elke schreien kann.

»Ronald hat angegriffen. Ronald! Ronald!«

Frits sieht, dass ein besonders breites Exemplar von Fußballer in ihre Richtung winkt. Er kann sich gut vorstellen, dass dieser Ronald jetzt fröhlich grinst. Das würde er auch tun, wenn Elke seinen Namen so jubelnd rufen würde.

»Wer sind die Sechsten?«, erkundigt er sich. »Die Gelben oder die Blauen?«

Das ist eine dumme Frage. Elke und Nicolette tragen natürlich nicht umsonst gelbe Kleider. Also ist es nicht schlimm, dass er keine Antwort bekommt.

»Was für Beine Ronald hat«, seufzt Elke.

»Ja, zum Hineinbeißen«, sagt Nicolette. Jetzt schauen beide einen Moment zu ihm. Dann zuckt Nicolette mit den Schultern.

»In der zweiten Halbzeit geht es bestimmt besser als in der ersten«, sagt Elke plötzlich, das Thema wechselnd.

Frits sieht wohl, dass Fußballerbeine kräftiger sind als seine eigenen. Behaarter sind sie auch. Und brauner.

Fußball ist genauso langweilig, wie Frits sich das vorgestellt hat. Die Spieler rennen auf dem Platz wie wild einem Ball hinterher, das ist alles. Ab und zu fällt einer hin. Wenn es ein Gelber ist, kreischen Elke und Nicolette vor Entsetzen. Dann krabbelt der Typ mit den Fußballerbeinen wieder hoch und winkt beruhigend, bevor er sich wieder in Trab setzt. Danach rennt er wieder und tritt nach dem Ball.

Plötzlich fallen Nicolette und Elke einander mit einem Urwaldschrei in die Arme. »Tor! Tor!«

Wie schade, dass Frits einen Moment nicht hingeschaut hat, jetzt hat er das Tor verpasst.

»Ronalds göttliche Oberschenkel haben ihre Arbeit getan«, seufzt Elke.

Wenn das göttliche Oberschenkel sind, dann hat er, Frits, keine göttlichen Oberschenkel. Er betrachtet die beiden Mädchen, die sich untergehakt haben und herumtanzen.

»He! He!«, sagt Elke.

Zögernd macht er auch ein paar Tanzschritte.

»Frits, stell dich nicht so an«, schnauzt sie.

»Wenn du die Sache lächerlich machen willst, dann stell dich woanders hin«, faucht Nicolette.

Also jubelt Frits nicht über das Tor der sechsten Elf. Er versucht aufzupassen, als der Kampf weitergeht. Er möchte nicht noch mal ein Tor verpassen.

Aber Fußball ist so langweilig.

»In zwei Wochen«, erzählt er, »haben wir mit unserer Schulschachgruppe einen Wettkampf. Da fahren wir nach …«

»Hör doch endlich auf zu quatschen«, fährt ihn Elke an.

Verblüfft klappt Frits den Mund zu. Er hat doch fast nichts gesagt!

»Was geht uns das blöde Schachspielen an«, fügt Nicolette hinzu.

Dann kann die Hand nicht von ihr gewesen sein. Aber wenn man sieht, was für einen giftigen Blick ihm Elke zuwirft, kann man sich ebenfalls nicht vorstellen, dass sie ihre Hand auf Frits' Schulter gelegt hat.

Die glucksenden Geräusche, die die beiden Mädchen ausstoßen, zeigen Frits, dass es für die Sechste gut läuft. Doch dann schreien sie plötzlich entsetzt auf. »O nein!«

Schnell sucht Frits das Spielfeld ab. Hat dieser Ronald etwa eines seiner appetitlichen Beine gebrochen? Nein, da läuft er. Es ist nichts Besonderes zu sehen, sie spielen noch nicht mal. Der Ball liegt einfach da.

»Ein Strafstoß«, jammert Elke.

»Eddy hält ihn«, sagt Nicolette. Doch Frits hört die Unsicherheit in ihrer Stimme.

»Glaubst du?«, fragt Elke.

»Bestimmt«, sagt Nicolette voller Verzweiflung.

Einer der blauen Spieler legt den Ball nun an eine Stelle in der Nähe des Tors.

»Eddy! Halt ihn!«, kreischt Elke in höchster Not.

Eddy muss der Typ im Tor sein, denn er winkt beruhigend zu ihnen herüber.

Der blaue Fußballer läuft zurück. Er nimmt Anlauf, das kapiert sogar Frits.

Groß, breit und ruhig kommt Eddy aus seinem Tor. Als ginge er spazieren, läuft er in Richtung Ball und hebt die Hand. Der Blaue kommt angerannt und macht eine wütende Gebärde. Auch der Schiedsrichter mischt sich ein.

»Dieser Eddy! Dieser Eddy!«, lispelt Elke.

»Ich habe vollstes Vertrauen in ihn«, bemerkt Nicolette heiser.

»Warum tut … eh … Eddy das?«, fragt Frits.

»Um den Mann, der den Strafstoß ausführt, aus dem Gleichgewicht zu bringen«, sagt Nicolette. »Toll, Eddy! Mach ihn nur nervös!«

»Das ist doch nicht fair«, protestiert Frits.

Die Mädchen reden noch nicht mal miteinander darüber, einträchtig gehen sie von ihm weg. Nun sind sie ungefähr zehn Meter von ihm entfernt, fünfzehn, noch weiter. Dann erst bleiben sie stehen.

Frits sieht ganz allein zu, wie der blaue Fußballer danebenschießt. Schade. Er scheint der netteste Kerl auf dem ganzen Platz zu sein, jedenfalls ist er der dünnste.

»Eddy!« Ja, das sind Elke und Nicolette.

Zu zweit rennen sie auf das Feld, als das Spiel zu Ende ist. Ihr helles Gelb schwirrt zwischen dem schmutzigen Fußballergelb herum. Sie berühren die verschmierten Hemden einfach mit den Händen. Sie kneifen Spieler, die das ganz normal zu finden scheinen.

Frits bekommt düstere Gedanken. Vielleicht muss man Fußballer sein, um etwas von Mädchen zu begreifen. Was für ein Jammer, denn Fußball spielen wird er nie lernen.

Ein Tollpatsch

Singend kommt Vater mit einem Tablett in den Garten. »So viele Leute, so viele Wünsche.«

Das stimmt. Mutter will Tee, Frits Orangensaft, Niki Cola und für sich selbst hat er Kaffee gemacht.

»Aber jetzt sind alle Sehnsüchte erfüllt.« Mit einem zufriedenen Seufzer lässt er sich auf den Gartenstuhl fallen.

»Schatz«, sagt die Mutter zuckersüß. »Wo ist der Tee?« Oje, jetzt sieht Frits es auch. In der gläsernen Teekanne ist nur Wasser.

»Auweia!« Der Vater rennt ins Haus und kommt kurz darauf mit einem Teebeutel wieder herausgestürmt. »Er hat auf der Anrichte gelegen.« Er taucht den Teebeutel in die Kanne. »Und so wird alles doch noch gut.«

»Ist das Wasser heiß?«, erkundigt sich Niki. »Hast du auch nicht vergessen, es zu kochen?«

»Natürlich nicht«, sagt der Vater empört. »Glaubst du etwa, dass ich ein Tollpatsch bin?«

Das ist das richtige Wort, denkt Frits. Sein Vater stellt sich manchmal wirklich ungeschickt an.

»Macht nichts, dass du ein Tollpatsch bist«, tröstet die Mutter. »Du bist mein lieber Tollpatsch.« Sie küssen sich zärtlich.

Ob der Vater überhaupt begreift, was für ein Glück er hat mit der Mutter, die es nicht schlimm findet, dass er ein Tollpatsch ist? Denn Mädchen sind normalerweise nicht verrückt nach Tollpatschen, da weiß Frits Bescheid. Gestern hat er zufällig mit der Schultasche ein paar Plastikbecher mit Kaffee umgestoßen. Der Kaffee ist über einige Hefte gelaufen. Was er sich alles von den Mädchen anhören musste …

Mädchen sind wesentlich freundlicher gegen gewandte, geschmeidige Jungen wie Hein. Breite Fußballer sehen sie ja auch viel lieber.

Man denkt natürlich nicht jeden Tag daran, aber auch eine Mutter ist einmal ein Mädchen gewesen, wie sie bei Frits in der Klasse sind. Wie kam es, dass dieses Mädchen beschloss, einen tollpatschigen Jungen zu wählen? Denn Fußball spielen kann sein Vater auch nicht.

»Wie habt ihr euch eigentlich kennen gelernt?«, fragt Frits.

»Das weißt du doch.« Seine Mutter hat endlich die Lippen frei für eine Antwort. »Wir waren in derselben Schule.«

»In der Schule waren natürlich noch viele andere Jungen«, sagt Frits. »Wie bist du bei diesem einen gelandet? Wie ist der eine an dich gekommen?«

»Das ist ganz logisch«, sagt Niki. »Sie haben sich gesehen und sofort ineinander verliebt. Dann haben sie zusammengehört. So langweilig ist das bei Vätern und Müttern.«

»Ja, ja, so ungefähr war's«, sagt der Vater.

»Nein, nein, so war es überhaupt nicht«, sagt die Mutter gleichzeitig mit ihm.

»Nicht?«, fragt Niki entzückt. »War's spannender? Gab's viele Jungen, die dich wollten, Ma? Musste Pa sie alle besiegen? Sind dir da die Schuppen von den Augen gefallen?«

Die Mutter schüttelt den Kopf. »Es war genau umgekehrt. Es war einfach nicht normal, wie diese blöden Mädchen um Kees herumscharwenzelt sind.«

Frits verschluckt sich an seinem Orangensaft.

»Aber schließlich habe ich ihn doch gekriegt.« Die Mutter macht ein zufriedenes Gesicht.

»Gut so. Prima.« Niki jubelt ihr zu.

»Was war denn Besonderes an ihm?«, erkundigt sich Frits vorsichtig.

»Er war einfach Kees. Das war besonders genug. Ich erinnere mich noch, wie wir jeden Monat voller Spannung auf die Schülerzeitung gewartet haben. Da publizierte er jedes Mal ein Gedicht. *Für A.*, stand zum Beispiel darüber. Und dann rätselten wir Mädchen, ob es für Annie war, für Amalia, für Annette oder vielleicht für Antoinette. Einen Monat später stand *Für C.* darüber. Und wir grübelten, ob er Corrie meinte, Cora oder Christien.«

»Und dann stand einmal *Für G.* darüber«, sagt Niki. »Das hieß *Für Geertje.*«

»*Für G.* hat nie darüber gestanden. Und das war nicht nur deprimierend für mich, sondern auch für Gerrie. Und Gerda hatte ebenfalls allen Grund, traurig zu sein. Ganz zu schweigen von der schönen Genova. Die hat er noch weniger beachtet als mich. Und dann wurde ich eines Tages richtig wütend! Denn die Schülerzeitung kam heraus und diesmal war sein Gedicht einer X. gewidmet.«

»Hihi«, kichert Niki. »X ist die große Unbekannte. Das warst natürlich du, Mam. Insgeheim war er verrückt nach dir. Er war nur zu schüchtern, um es zu zeigen. Aber warum bist du so böse geworden?«

»Weil diese X. ganz bestimmt keine Unbekannte war. Es gab nur eine X. in unserer Schule, Xandra. Und das war eine herausgeputzte Gans! Eine Kichertante! Ich verstand die Welt nicht mehr und noch weniger die Jungen in dieser Welt. Wie konnte jemand wie Kees etwas an Xandra finden?«

»Du hast ihn in deiner Wut aus ihren Klauen gerettet!« Niki strahlt. »Wie hast du das gemacht?«

»Beim Biologiepraktikum.«

»Sprechen wir doch lieber über was anderes«, stottert der Vater. Er ist rot geworden, feuerrot. Frits grinst. Er ist wirklich ein Tollpatsch. Nur ein Tollpatsch kann so rot werden.

»Weiter«, verlangt Niki.

»Ach ja, ihr seid alt genug für die Wahrheit.« Die Stimme der Mutter bekommt einen verträumten Ton.

»Das meinst du doch nicht im Ernst«, sagt der Vater.

»Doch«, antwortet Niki, »das meint sie im Ernst. Du vergisst ganz, dass ich nächstes Jahr auf die höhere Schule gehe. Ich bin größer, als du denkst. Ich kann alles ertragen.«

»Wir sind ins Freie gegangen, um Pflanzen zu studieren.« Noch immer klingt die Stimme der Mutter verträumt. »Kees ging fast ganz hinten. Um ihn herum turtelte Xandra. Die wusste genau, dass ihr Name in der

Schule der einzige mit X am Anfang war. Sie schwirrte um ihn herum wie eine fette Fliege.«

»Und du?«, fragt Niki.

»Ich ging ganz am Schluss. Und dann, als wir in der Nähe eines Bauernhofs waren, kam plötzlich ein Geschenk aus heiterem Himmel. Ein Wolkenbruch. Alle rannten zu dem Bauernhof, um Schutz zu suchen. Xandra auch. Nun ja, ich habe sie erst gewarnt, dass ihre Frisur zum Teufel gehen würde, da rannte sie dann sehr schnell. Ich habe ja schon gesagt, dass sie eine herausgeputzte Gans war. Und während sich die ganze Biologiegruppe im Bauernhof unterstellte, suchten Kees und ich in einer Scheune Schutz. Die war ganz nah. Da war es auch trocken. Und da war es warm.« Die Mutter seufzt.

»Prima! Und du hast ihn in der Scheune verführt!« Niki schreit laut vor Vergnügen.

»Pst! Denk an die Nachbarn!« Es ist fast unmöglich, aber der Vater ist noch röter als vorhin. Er nimmt einen Schluck von seinem Kaffee. »Pah. Ich glaube, ich habe den Zucker vergessen. Und außerdem ist er auch ziemlich kalt.«

»Was bist du doch für ein wunderbarer Tollpatsch«, lacht die Mutter.

Mädchen finden es also gar nicht schlimm, wenn ein Junge sich tapsig anstellt. Der Vater ist wirklich viel tollpatschiger als Frits. Und sie haben ihn umschwärmt, bereit, ihn zu verführen. Frits würde sich gern in eine Scheune führen lassen, nur leider gibt es weit und breit kein Mädchen, das auf diese Idee käme. Nicht weil Frits ein Tollpatsch ist, übersehen sie ihn, sondern einfach, weil er Frits ist.

Frits spült den Mund mit Orangensaft. Er ist nun einmal so, wie er ist. Er glaubt nicht, dass es irgendwann einmal gut wird.

Ein Gespräch

Lampe schnauft. Es ist drückend heiß im Zimmer. Aber vielleicht tut sie es auch, um die Haarlocke wegzublasen, die ihr dauernd vor den Augen hängt.

»Ich weiß eigentlich nicht, wo ich anfangen soll«, sagt sie. »Ich finde das Gespräch, das ich mit dir führen muss, auch seltsam. Ich meine: Ich hätte nie erwartet, dass ich mit dir darüber sprechen müsste. Ich meine …« Wieder stößt sie die Luft aus. Natürlich, die Haarlocke!

»Es klappt nicht mehr so gut mit dir in der Schule. Ich meine natürlich nicht, dass es schlecht geht. Das wäre falsch.« Sie beißt sich auf die Oberlippe.

Frits betrachtet die Locke, die wieder vor ihrem Auge hängt. Er ist ziemlich sicher, dass ihre Haare sich weich und flaumig anfühlen.

»Die Lehrer reden untereinander darüber. Du schreibst nicht mehr so gute Noten, nicht mehr so viele Zehner. Du bekommst vor allem Sechser und Siebener. Das ist nicht schlecht, aber weit unter dem, was du kannst. Unter deinem üblichen Niveau, meine ich.«

Sie beugt sich vor, während sie die Locke wegbläst. Auch das noch!

Frits schaut auf seine Hände und zählt die Finger. Es sind tatsächlich zehn.

»Ich bin deine Klassenlehrerin, Frits. Ich mache mir Sorgen. Ist etwas los mit dir?«

Ja, liebe Lampe, sehr viel. Wissen Sie noch, wie kalt es vor einiger Zeit war? Aber danach wurde es warm und auf einmal war alles anders.

Wenn ich früher Mathe gemacht habe, war a plus b einfach c. Aber jetzt nicht mehr. Wenn ich jetzt die Buchstaben schreibe, sehe ich, wie rund sie sind. Und wenn ich das sehe, denke ich an Mädchen, das passiert von ganz allein.

In Chemie habe ich das auch. Früher war alles ganz einfach. Wenn man eine Lösung hatte mit Silberplusionen und Chlorminusionen, entstand ganz einfach Silberchlorid. Aber wissen Sie, an was ich jetzt denken muss? Wie es in Silber-plus und Chlor-minus knistert vor Spannung und Verlangen. Wie Silber-plus und Chlor-minus sich danach sehnen, zueinander zu kommen und sich zu berühren, weil sie einander ergänzen. An die Sehnsucht denke ich, liebe Lampe, und nicht mehr an Silberchlorid.

In Physik ist es auch so. Wenn ich früher von den Magdeburger Halbkugeln gehört habe, habe ich automatisch an Luftdruck gedacht. Sie kennen dieses Experiment doch, oder? Ich trau mich gar nicht zu sagen, an was ich jetzt denke bei den Magdeburger Halbkugeln, das finden Sie vielleicht wirklich verrückt.

Die Welt ist warm geworden, liebe Lampe, und plötzlich waren Mädchen da. Ich würde sie gerne anfassen, aber das trau ich mich nicht. Ich wage noch nicht mal, die Locke, die Sie gerade wieder wegblasen, wegzustreichen. Dabei ist sie Ihnen wirklich im Weg.

Schon vor langer Zeit habe ich in Mathe gelernt, dass

man eine Gleichung mit einer Unbekannten lösen kann. Und zwei Gleichungen mit zwei Unbekannten, das ist auch lösbar. Und drei Gleichungen mit drei Unbekannten. Und so weiter.

Ich denke den ganzen Tag an Gleichungen, liebe Lampe. Es gibt nur eine Gleichung: Ein Mädchen ist gleich …

Und dahinter – nach dem »ist gleich« – kommen dann schrecklich viele Faktoren. Arme zum Beispiel und Beine. Das war das Erste, was ich entdeckte: Mädchen haben Arme und Beine. Und es gibt Brüste. Und Haare, nicht zu vergessen. Sie blasen Ihre Locke wieder weg.

Und Mädchen haben Hüften. Und Mädchen haben einen Po. Sie haben eine Stimme, ein Lachen, eine Nase, einen Mund. Achseln auch, fast hätte ich die Achseln vergessen. Und es gibt noch so viel mehr, ein Mädchen hat noch so viel mehr. Und für mich sind das alles Unbekannte.

Ich habe nur eine Gleichung, Lampe, mit unendlich vielen Unbekannten. Die Gleichung kann ich also nicht lösen. Aber ich kann auch nicht aufhören, mich damit zu beschäftigen. Ich denke an nichts anderes. Den ganzen langen Tag denke ich an die unlösbare Gleichung.

Mir kommt es vor, als hätte ich mein Leben lang in einer Schachtel gesteckt. Dann ging auf einmal der Deckel auf und ich habe sie gesehen, die Mädchen. Mädchen sind schön, liebe Lampe. Sie sind übrigens auch schön. Und es gibt so viele. So viele und so schöne.

Das alles hätte Frits sagen können, aber er traut sich nicht. Deshalb bleibt es sehr lange still.

»Willst du es mir nicht sagen, Frits?«

Lampe klingt so traurig, dass Frits erschrickt. Sie wird doch nicht etwa weinen? Dann wüsste er überhaupt nicht, was er tun soll.

Nein, zum Glück weint sie nicht. Sie bläst nur wieder die Locke weg.

Frits steckt die Hände in die Tasche, damit er ihr nicht wirklich die Haare aus ihrem Gesicht streicht.

»Vielleicht leide ich einfach unter der Hitze«, sagt er schließlich.

Sie lächelt. »Das tun wir, glaube ich, alle. Es ist ein ganz unglaublicher Frühling.«

Frits nickt heftig. Unglaublich ist wirklich das treffende Wort.

Lampe beugt sich vor. Das hat sie schon vorher getan und ihre Bluse ist so weit ausgeschnitten. Verzweifelt hebt Frits den Blick nach oben. Die Decke ist voller Risse und Sprünge.

»Nun gut. Wenn etwas ist, kannst du immer zu mir kommen und mit mir darüber sprechen. Wann immer du willst.«

»Ja, ja«, murmelt Frits. Es ist schrecklich, aber in den Sprüngen und Rissen da oben sieht er auch schon wieder Mädchenkörper.

Ein falsches Wort

»Hör mal«, sagt Frits. »Ich muss dir was erzählen.« Umständlich räuspert er sich. Sogar Martje gegenüber ist es fast unmöglich, darüber zu sprechen. »Ich glaube, dass ich verliebt bin.«

Jetzt ist es heraus.

Vorsichtig lugt Frits zur Seite. Martje radelt neben ihm. Nein, sie grinst nicht, sie lacht ihn nicht aus. Gute, liebe Martje in ihrem blau karierten Kittel. Martje, die er schon sein Leben lang kennt.

»Ich glaube nicht, dass man einfach nur glauben kann, man wäre verliebt«, sagt sie schließlich. »Man ist verliebt oder man ist es nicht. Und wenn man es ist, dann ist das ganz deutlich. Dann glaubt man es nicht mehr, dann weiß man es einfach.«

»Gut«, gibt Frits nach. »Ich glaube nicht, dass ich verliebt bin, ich bin es.« Und als Martje nichts sagt, klagt er: »Ich finde es so schwierig.«

»Ja, das ist es wohl. In wen bist du eigentlich verliebt?«

»Das ist ja gerade das Problem«, erklärt Frits. »In alle Mädchen zugleich.« Wieder schaut er zur Seite. Sie lacht nicht darüber, sie sieht ebenso ruhig aus wie immer. Gute, verlässliche, unerschütterliche Martje.

»Das ist es also«, sagt sie. »Deshalb starrst du in der letzten Zeit immer so komisch.«

»Was?« Frits fährt ihr beinahe ins Rad, weil er vor Schreck einen Schlenker macht. »Ist das so sehr aufgefallen? Haben es alle gemerkt?«

»Ich glaube nicht.«

Frits seufzt erleichtert.

»Es ist mir nur aufgefallen, weil ich dich so gut kenne, glaube ich.«

Frits seufzt noch einmal. »Eigentlich starre ich überhaupt nicht komisch, ich schaue mir nur alles an. Ich finde sie so schön, die Mädchen. Das habe ich einfach entdeckt, ganz plötzlich.«

Martje schweigt.

»Aber ich traue mich nicht, das zu einem richtigen Mädchen zu sagen«, sagt Frits düster.

»Wem traust du es nicht zu sagen?«, fragt Martje leise.

»Nun, Hannah oder Deborah oder Elke, wem auch immer. Vor allem nicht zu Mädchen, die ich einfach auf der Straße sehe. Ich kann doch nicht zu ihnen sagen, dass ich sie so schön finde, dass ich sie am liebsten anfassen möchte, oder?«

Martje ist lange still.

»Sag doch mal was«, drängt Frits.

»Warte ein bisschen«, murmelt sie. »Ich denke nach.«

Frits wartet.

»Ich finde es so schwierig, das zu sagen, was ich jetzt sagen werde«, sagt Martje schließlich.

Erstaunt und beunruhigt schaut Frits zu ihr hin. Sie sitzt plötzlich sehr aufrecht auf ihrem Rad. Sie sieht aus wie eine Königin, die eine Rede halten will.

»Vor allem, weil wir uns schon so lange kennen. Deshalb habe ich lange überlegt, ob ich meinen Entschluss nicht zu impulsiv getroffen habe. Aber jetzt weiß ich es genau. Es ist besser, wenn wir uns nicht mehr treffen.«

»Waaas?« Das ist alles, was Frits herausbringt.

Martje nickt bedächtig. »Du brauchst mich auch nicht mehr abzuholen, damit wir zusammen zur Schule fahren. Es ist besser, wenn wir das nicht mehr tun.«

Sie tritt in die Pedale und rast davon.

Frits ist völlig verdattert. Er hat keine Chance, Martje einzuholen. Er hat nicht mal gewusst, dass sie so schnell fahren kann.

Martje kann das doch nicht im Ernst so meinen. Er versteht sie im Moment genauso wenig wie ein richtiges Mädchen. Was hat er um Himmels willen Falsches getan oder gesagt?

Festgehalten

Ein Katalysator beschleunigt die Reaktion zwischen verschiedenen Stoffen, ohne dass er selbst mit den Stoffen reagiert. Das klingt wie ein Mysterium – beschleunigen, ohne teilzunehmen –, aber Frits hat keine Zeit, sich mit Wundern zu beschäftigen. Martje und er reagieren überhaupt nicht mehr.

Am Morgen des nächsten Tages, nachdem sie einfach weggeradelt war, fuhr Frits zu Martjes Haus, um sie wie immer zur Schule abzuholen. Sie konnte nicht wirklich meinen, was sie gestern gesagt hatte. Sie würde ihre Meinung geändert haben. Bestimmt.

Martje war nicht da. Sie sei schon weg, sagte ihr Vater. Er stand im Vorgarten, etwas verlegen, wie Frits ihn überhaupt nicht kannte.

»Was ist denn um Himmels willen vorgefallen?«, fragte Martjes Vater plötzlich. »Martje will nicht darüber sprechen. Ich meine … Es ist natürlich eure Sache, wenn etwas schräg ist. Das geht mich nichts an, meine ich … Aber ich … ich verstehe es einfach nicht.«

»Ich auch nicht«, sagte Frits. Es waren dürre Worte, aber sie kamen auch aus einem sehr trockenen Mund.

»Wirklich nicht?«, fragte ihr Vater.

Frits schüttelte den Kopf, weil er einfach keine Worte mehr hatte.

In einem Katalysator …

Mit einer heftigen Bewegung schiebt Frits das Chemiebuch und das Heft zur Seite. Was spielt es für eine Rolle, wie die Welt zusammengesetzt ist, er kapiert sowieso nichts mehr. Er steht auf. Im Dielenschrank stehen Fotoalben. Die betrachtet er nun: festgehaltene Bilder aus einer Vergangenheit, die noch übersichtlich war.

Frits blättert willkürlich herum. Martje ist oft auf den Fotos zu sehen, aber das ist normal, darüber braucht man sich nicht zu wundern. Von klein auf haben sie zusammengehört. Hier: buchstäblich vom Sandkasten an. Auf dem Foto stehen zwei kleine Kinder, Hand in Hand, und betrachten einen großen Sandturm. Den haben wir wahrscheinlich zusammen gebaut, sie sehen dreckig genug aus.

Frits blättert weiter. He, das ist komisch. Wenn er an Martje denkt, dann ist sie unveränderlich, Martje mit dem Haarknoten. Aber den hat sie nicht immer gehabt. Sie hat die Haare kurz getragen, sie hat die Haare lang getragen. Mal als Zopf, mal als Pferdeschwanz. Frits sucht. Ja, da, auf einem Foto vom Schullandheim, als sie in der Sechsten waren, da ist der erste Knoten. Ein sehr kleiner Knoten. Er blättert weiter, der Knoten ist geblieben. Er sieht jetzt nur viel dicker aus.

Warte mal. Im Schullandheim trug sie einen von den weiten Kitteln, die sie immer noch liebt. Sie trägt ihn zu einer formlosen Hose, die um sie herumschlabbert.

Frits geht in die Vergangenheit zurück. Ja, das war ihr erster Kittel. Jedenfalls der erste Kittel, der bildlich festgehalten wurde. Davor trug sie alles mögliche: Hemden, Blusen, T-Shirts. Und auch Röcke, Hosen, kurze Hosen.

Frits grinst traurig. Dieses Foto vom Schullandheim ist das erste, das Martje so zeigt, wie er sie seither unveränderlich im Kopf hat. Er vermisst sie, das ist nicht zu leugnen. Als hätte man seine Stimme verloren, die so selbstverständlich war. Und ohne dass man weiß, warum. Sie spricht nicht mehr mit ihm, sie nickt ihm nicht mal mehr zum Gruß zu, wie man es tut, wenn man sich nur flüchtig kennt.

Verrückt, dass man jemanden, den man immer gekannt hat, so wenig kennt. Vielleicht wird er die Dinge, um die es wirklich geht, nie verstehen. Frits brummt. Was soll er mit der Welt?

Als Frits schließlich wegradeln wollte, hatte Martjes Vater unbeholfen die Hand auf seinen Lenker gelegt. »Schau mal«, sagte er. »Schau, Martje wird bestimmt ihre Gründe haben, denke ich ... Ich weiß nicht, welche. Und du auch nicht, sagst du. Aber was ich sagen wollte: Du bist immer zu uns ins Haus gekommen, von Kindheit an. Und was mich betrifft, braucht sich das auch nicht zu ändern. Was mit Martje und dir los ist – ich meine ... Wenn du vorbeikommen willst, Junge, sollst du das einfach tun. – Und damit falle ich Martje nicht in den Rücken, finde ich. Das ist etwas, was sie nicht direkt betrifft.«

Und es lag natürlich an diesen unbeholfenen Worten, dass der Brocken in Frits' Kehle wuchs und wuchs, während er allein zur Schule radelte.

Er würde gerne vorbeigehen, aber er weiß auch, dass er das doch nicht machen wird. Manchmal weiß man, dass die Dinge so sind, wie sie sind, auch ohne dass man es ganz kapiert.

Grimmig schlägt Frits das Album zu. Was nützt einem eine ordentlich festgehaltene Vergangenheit, wenn die Gegenwart ein Chaos ist?

Mit einem Klapp schlägt er auch das Chemiebuch zu. Warum soll man etwas lernen, wenn man eigentlich etwas ganz anderes wissen will?

Unter dem Bart

Der Geräuschpegel, ein andauerndes Raunen und Surren, gehört zu Sozialkunde und zum Religionsunterricht, denn das »Unbefleckte Herz« unterrichtet in beiden Fächern und alle haben es sich abgewöhnt, ihr zuzuhören. Es ist schon schlimm genug, dass man ihre Kopien lesen muss, wenn sie eine Klausur schreiben lässt.

Die dünne Stimme des »Unbefleckten Herzens« unternimmt verzweifelte Versuche, die Wellen des Geräuschpegels zu übertönen.

Frits muss lange überlegen, bevor ihm ihr richtiger Name einfällt: Frau Letitia Hartje. Ein flüchtiges Mitleid steigt in ihm auf. Es ist vielleicht schon ein Kreuz, so zu heißen.

»Das lasse ich mir nicht bieten! Das lasse ich mir nicht bieten!« Immer, wenn sie im Stimmengewirr der Klasse untergeht, fängt das »Unbefleckte Herz« an, diesen Satz zu schreien. Für einen Moment wird es dann etwas leiser. Auch diesmal ist es so. Dann redet sie weiter und auch die Klasse redet weiter.

Wenn man nur auf dieses ständige Geräusch achtet, ist es, als treibe man weiter, immer weiter, bis man nicht mehr da ist.

»Du lieber Himmel, was für ein blühender Unsinn!«

Mit viel Lärm drehen sich alle um. Hinten in der Klasse

sitzt Martje, sie war es, die das gesagt hat. Sie starrt das »Unbefleckte Herz« an.

»Was hat sie denn eigentlich erzählt?«, erkundigt sich Hannah.

»Was hat Martje plötzlich?«, fragt George.

In Sozialkunde sitzt Frits neben ihm. Er schweigt.

»Ich sprach über Menschen, die in ihrem Äußeren von dem abweichen, was die Norm ist«, erklärt das »Unbefleckte Herz« Hannah bereitwillig.

»Und dann haben Sie gesagt, dass Leute, die einen Bart tragen, etwas zu verbergen haben«, sagt Martje. »Ein Bart sei eine Tarnung, haben Sie gesagt.«

»Was ist falsch an dieser Bemerkung?«, fragt das »Unbefleckte Herz« erstaunt.

»Wie kommen Sie darauf, so etwas zu sagen? Womit wollen Sie das denn begründen?«

»Mit meinen Erfahrungen natürlich, Kind. Irgendetwas stimmt nicht mit den Gesichtern aller bärtigen Männer, die ich kenne.«

Hein lehnt sich weit zurück. »Warum macht Martje plötzlich so ein Theater? Was ist mit ihr los?«

Frits antwortet ihm nicht.

»Von Ihrer Behauptung bleibt nichts übrig«, sagt Martje nachdrücklich, »wenn ich auch nur einen bärtigen Mann ohne Narben, ohne Entstellung, ohne Warze oder was auch immer nennen kann. Nun, mein eigener Vater entkräftet Ihre ganze wissenschaftliche Aussage. In seiner Studienzeit gab sein Rasierapparat den Geist auf. Er hatte wenig Geld. Er musste sich entscheiden, ob er einen neuen Rasierapparat kaufen wollte oder ein Buch und Blumen für meine Mutter, die damals noch nicht meine

Mutter war, sondern seine Freundin. Weil mein Vater ist, wie er ist, entschied er sich selbstverständlich für letzteres. Und entdeckte so, wie bequem es ist, wenn man sich nicht jeden Morgen rasieren muss. Deshalb trägt er noch immer einen Bart in einem Gesicht, das keineswegs entstellt ist. Also hat sich Ihre ganze Argumentation schon zerschlagen.«

Das »Unbefleckte Herz« schüttelt lächelnd den Kopf. »Das kannst du nicht sagen, Mädchen. Du kennst ihn nur mit Bart. Deshalb kannst du unmöglich wissen, was sich dahinter verbirgt.« Sie lächelt noch sonniger. »Nein, du kannst nicht wissen, was dein Vater vor dir und dem Rest der Welt geheim hält.«

Martje seufzt, als würde sie gleich schreien. »Ich höre in der letzten Zeit so viel Blödsinn! Ich habe langsam die Nase voll. Wenn die Tatsachen anders sind, als Sie wollen, reden Sie so lange darüber, bis sie werden, wie Sie es gern hätten. Sie geben überhaupt keine Sozialkunde. Sie quatschen nur über die Welt, wie Frau Hartje sie sieht.«

»Das lasse ich mir nicht bieten! Melde dich sofort beim Direktor.«

Zum ersten Mal ist es still während einer Unterrichtsstunde des »Unbefleckten Herzens«. Es ist auch das allererste Mal, dass sie jemanden hinauswirft.

Martje nimmt ihre Tasche und geht zur Tür.

Wie von selbst steht Frits auf.

»Das lasse ich mir nicht bieten! Was hat das nun wieder zu bedeuten?«

»Ich gehe mit«, sagt Frits. »Ich kann beim Direktor bestätigen, dass ihr Vater genau auf die Art zu seinem Bart gekommen ist, wie Martje es erzählt hat.« Er hat diese

Geschichte oft genug gehört, auch von Martjes Mutter, die sie erzählt, als habe sie ihre Freude daran.

»Kümmere dich bitte um deine eigenen Angelegenheiten!«, schreit Martje, bevor sie die Tür zuknallt.

»Du lieber Himmel!«, stöhnt Hein. Er lehnt sich so weit zurück, dass er fast umkippt. »Was ist denn los mit euch, Frits?«

»Kümmere dich, verdammt noch mal, um deine eigenen Angelegenheiten!«, schreit Frits. Er wird ihm doch nicht erklären, dass Martje nichts mehr mit ihm zu tun haben will, ohne dass er weiß, warum!

Zum zweiten Mal in einer Sozialkundestunde ist es total still. Eine Stille, die durch das »Unbefleckte Herz« unterbrochen wird. »Das lasse ich mir nicht bieten! Wir fahren einfach mit dem Unterricht fort.«

Verführung

Frits radelt von der Schule nach Hause. Er hat sich noch nicht daran gewöhnt, das allein zu tun, ohne Martje. Noch über drei Jahre wird Frits von der Schule nach Hause radeln müssen. Vielleicht gewöhnt er sich nie daran.

Und die Sonne scheint und scheint. Was hat sie bloß! Der Himmel sollte voller dicker Wolken hängen, die vom Wind gejagt werden. Ein Gegenwind sollte sein, damit das Radfahren zu einer echten Plackerei wird. Und Regen sollte über das Gesicht strömen, sodass man die Augen zukneifen muss und kaum mehr etwas sieht. Regen, der einen kalt werden lässt bis auf die Knochen, sodass man nichts anderes mehr fühlt.

Aber es ist nicht zu ändern, die Sonne scheint, als wolle sie nie mehr damit aufhören. Träge tritt Frits in die Pedale.

»Frits!«

Am Straßenrand steht ein Mädchen mit ihrem Fahrrad. Frits kennt sie vom Sehen: ihr Gesicht, ihre Arme und Beine und natürlich noch andere Linien. Er hat sie manchmal auf dem Schulhof gesehen, aber ihren Namen weiß er nicht. Sie ist in einer Parallelklasse.

Sie kennt ihn aber, denn sie ruft wieder: »Frits! Bitte! Kannst du mir helfen?«

Frits hält an. Wie hilflos sie sich anhört.

»Ich habe einen Platten.«

Frits nickt fachkundig. Der Hinterreifen sieht leer aus. »Ja, das ist ein Platter«, sagt er.

»Ganz plötzlich«, jammert das Mädchen. »Pfffff!« Es klingt sehr mutlos, wie sie die Luft ausbläst. »Wie komme ich jetzt bloß nach Hause?«

Es ist klar, dass sie sich nicht aus eigener Kraft aus dieser Notsituation retten kann. »Tja«, überlegt Frits laut, »ich habe kein Flickzeug dabei.«

Nicht dass er damit umgehen könnte. Das hat er von seinem Vater. Bei dem misslingt das Schlauchflicken auch immer. Manchmal ist es blöd, erblich belastet zu sein. Frits' Mutter ist bei ihnen zu Hause die Flickspezialistin und Niki kann es auch schon ganz gut. Frits erzählt das lieber nicht, denn das Fahrradmädchen schaut ihn an, als erwarte sie Wunder von ihm. Sie blinzelt mit den Augen. »Was sollen wir jetzt tun, Frits?«

Was für ein Jammer, dass er ihren Namen nicht weiß. Sie benimmt sich so, als müsse er sie kennen. Frits fühlt sich schrecklich schuldig und ungeschickt.

»Ich weiß was!« Das Fahrradmädchen legt die Hand auf seinen Arm. »Wir tun deine Tasche auf mein Rad! Dann kann ich auf deinen Gepäckträger. Ich setze mich einfach hinten drauf.«

»Ja, ja.« Frits nickt. »Und … dein Fahrrad?«

»Eine Hand genügt doch zum Lenken. Mit der anderen kannst du das Fahrrad doch nehmen!«

Ihre Augen sind so weit, so groß. Frits sagt nicht, dass er an der Durchführbarkeit des Plans zweifelt. Sie bringt ihm so viel Vertrauen entgegen, es muss einfach klappen. Er nimmt seine Tasche vom Rad.

»Oh, sorry«, sagt das Mädchen atemlos, weil sie aneinander stoßen.

Frits fühlt sich als Retter, als er wieder auf dem Rad sitzt. Es ist überhaupt nicht schwierig, ein Rad mit einem Platten an der Hand mitzuziehen, jedenfalls nicht unüberwindlich schwierig.

Das Mädchen auf seinem Gepäckträger hat ihren Arm um seine Taille gelegt. So hält sie sich im Gleichgewicht, als sei er ihr Halt. »Geht es, Frits?« Ihr Kopf berührt für einen Moment seinen Rücken.

»Ja, ja«, sagt Frits. »Ja, natürlich.« Wie kommt er nur auf ihren Namen? Danach fragen kann er nicht mehr, denn jetzt ist es, als würden sie sich schon sehr gut kennen.

Frits hält die Luft an. Einen Moment vergisst er zu treten. Ihre Hand liegt nämlich auf seinem Nabel, ganz einfach auf seinem Bauch. Er hat nicht gewusst, dass der Knopf seines Hemdes offen steht. Oje, die Hand bewegt sich. Jetzt kann er sie überhaupt nicht mehr nach ihrem Namen fragen.

Was einem doch so alles an einem schönen, sonnigen Tag passieren kann! Nur schade, dass er selbst die eine Hand am Lenkrad halten muss und die andere für ihr Fahrrad braucht. Er würde sie so gerne auch anfassen.

Frits biegt mühsam um die Kurve. Und da steht Martje an der Straße.

Noch ein Platter? Er hat nur einen Gepäckträger!

Martje schiebt ihr Rad auf die Straße. »Stehen bleiben«, sagt sie.

Das tut Frits. Da kann er wenigstens ein bisschen verschnaufen. Jetzt ist die Hand auf seinem Bauch wieder weg.

Martje stellt ihr Rad auf den Ständer. Schweigend greift sie nach ihrer Pumpe.

Das Fahrradmädchen ist abgestiegen. »Was hat das zu bedeuten?«, fragt sie mit hoher Stimme.

Noch immer schweigend, beginnt Martje, den kaputten Hinterreifen aufzupumpen. Es ist eine schwere Arbeit. Mit regelmäßigem Puffen strömt die Luft in den Reifen.Und es ist nicht zu glauben – sie bleibt drin.

»Was ist denn los?«, stottert Frits. Keine von beiden antwortet ihm.

»Jetzt ist genug drin«, schnauzt Martje schließlich. »Fahr vorsichtig, dann kommst du nach Hause, ohne dass du wirklich einen Platten kriegst.«

»Hör mal«, sagt Frits verzweifelt.

Aber keine von beiden tut das.

»Warum mischst du dich ein?«, fragt das Fahrradmädchen schrill. »Bist du etwa eifersüchtig, du Gans?«

»Du hast gerade so viel Moral, wie in ein Sieb passt«, sagt Martje scharf.

Und dann sagt das Fahrradmädchen nichts mehr, weder zu Martje noch zu Frits. Sie wirft seine Tasche auf den Boden und radelt davon.

Auch Martje will aufsteigen.

»Warte doch!«, ruft Frits. »Ich kapiere überhaupt nichts mehr.«

»Es war einfach eine Wette«, murmelt Martje. »Es ging ihr nur darum, den … eh … den größten Trauerkloß der Schule ein bisschen auf Trab zu bringen.«

»Und das bin ich?«, fragt Frits rau.

»Du warst nicht der einzige Kandidat, aber du hast die meisten Stimmen bekommen. Die nächste Phase sollte eine Verabredung an einem ruhigen Platz sein. Der wäre allerdings nur so lange ruhig, wie sich die anderen Mädchen in ihrem Versteck zusammengerissen hätten.«

»Woher hast du das gewusst?«, murmelt Frits. Er ist selbst verblüfft darüber, wie viel Mühe es ihn kostet, die Worte herauszubekommen.

Martje zuckt mit den Schultern. »Weil sie über nichts anderes mehr geredet haben als über ihre Wette. Du hättest ihr fünfzehn Tafeln Schokolade eingebracht.«

»Du wolltest doch nichts mit mir zu tun …« Frits beendet den Satz nicht.

»Ich lasse nicht zu, dass man irgendjemandem einen so falschen Streich spielt. Auch nicht Leuten, mit denen ich nichts zu tun habe.« Mit diesen Worten fährt sie weg.

Frits knotet seine Tasche wieder fest. Dann radelt auch er weiter. Sehr langsam. Er blinzelt mit den Augen. In denen stehen Tränen. Er weiß selbst nicht genau, warum. Weil Mädchen gemeiner sein können, als man es je für möglich gehalten hätte? Oder weil er sich gerne hätte verführen lassen? Wer weiß, vielleicht hätte sie entdeckt, dass sie ihn nett fand. Das wäre doch möglich gewesen, oder?

Frits schnauft, als habe er Gegenwind.

Ein Macho

Frits nickt. Ja, er ist mehr als zufrieden mit seiner Stellung. Er hat so gut wie gewonnen. Er schaut über das Brett zu seinem Gegner hin. Zu seiner Gegnerin, eigentlich.

Frits hat noch nie zuvor gegen ein Mädchen Schach gespielt. Sie sitzt leicht nach vorne gebeugt. Sie denkt und denkt. Ihre Hände fummeln nervös in ihren schwarzen Locken. Schöne Locken hat sie und so viele. Bisher hat Frits nicht richtig darauf geachtet, das Spiel hat seine ganze Aufmerksamkeit verlangt. Aber nun, da es für ihn so großartig steht, fallen ihm die Locken auf.

Geräuschlos kommt Sjef angelaufen, der Niederländischlehrer, und stellt sich hinter den Stuhl des Mädchens. Er studiert die Stellung und nickt Frits dann vergnügt zu.

Ja, der Captain des Schulschachteams sieht auch, wie großartig Schwarz dasteht. Das hat er bestimmt nicht mehr erwartet. Bei der Eröffnung hat er an derselben Stelle gestanden. Frits machte den zweiten Zug und Sjef zog vor Schreck die Augenbrauen hoch und schüttelte verzweifelt den Kopf.

Frits grinst, als er an das Gesicht denkt, das Sjef vorhin gezogen hat.

Das Mädchen ihm gegenüber blickt auf. Mit großen, bösen Augen schaut sie Frits an. Der erwidert schuldbewusst den Blick. Er hätte nicht grinsen dürfen, das kann sie beim Nachdenken stören.

Das Mädchen dreht sich um. Sjef läuft schnell weiter.

Jetzt macht sie einen Zug. Ja, den hat Frits erwartet.

Er streckt sich, er ist steif vom Sitzen. Dann antwortet er.

Wieder schaut sie ihn an. Sie kaut auf der Lippe. Einer vollen, roten Lippe. Durch das Kauen wird sie noch röter.

Frits beugt sich vor, um auf die Schachuhr zu schauen. Sie hat nur noch wenig Zeit, er hingegen mehr als genug. Das liegt an der Eröffnung, der sizilianischen Nimzowitschvariante, die Frits sorgfältig und ausführlich vorbereitet hatte. Sjef kennt diese Variante bestimmt nicht, sonst hätte er nicht so besorgt ausgesehen. Das Mädchen kannte sie auch nicht. Aber das Mädchen ist gut, sie ist wirklich gut, denn sie fand am Anfang die richtigen Züge. Die kosteten sie allerdings sehr viel Zeit, sie dachte immer wieder lange nach. Und dann kamen doch Züge, die weniger gut waren.

Wie angestrengt sie nachdenkt. So angestrengt, dass ihre Wangen rot werden. Sie hebt die Hand zur Schulter und verschiebt ein Band unter der Bluse. Den Träger ihres BHs. Vermutlich saß der BH für ihre Brust nicht so bequem, wie sie es wollte.

Nein, an so etwas darf er jetzt wirklich nicht denken. Lieber betrachtet er ihre Locken. Er würde gerne fühlen, ob sie weich oder hart sind. Das kann man so nicht sehen.

Lange Finger sind es, um die sich die Locken wickeln. Eigentlich ist sie ein sehr anmutiges Mädchen. Sie hat etwas Rehhaftes. Das liegt natürlich vor allem an den großen Augen, mit denen sie gerade zu ihm hoch blickt. Dunkle Augen voller Verzweiflung. Das versteht Frits gut. Verlieren ist nie schön. Vielleicht treten ihr gleich Tränen in die großen Augen. Was werden das für große Tränen sein!

Sie blickt ihn noch immer an. Frits wird ganz weich davon. Verlegen auch. Er wendet den Blick ab und betrachtet das Brett.

Verdammt, sie hat schon gesetzt. Das hat er gar nicht mitgekriegt. Frits streckt die Hand aus. Das Schach, das er jetzt bieten kann, ist tödlich, das ist der Dolchstoß.

Er zieht die Hand zurück. Er will einem Mädchen keinen Dolchstoß geben. Sie ist eher ein Mädchen, dem man einen Blumenstrauß geben sollte.

Aber er kann doch nicht einfach Remis anbieten? Wie soll er das Sjef erklären, der hat doch gesehen, wie prima er stand? Nein, Remis anbieten kann er nicht, aber er kann etwas anderes tun. Er könnte ihr den Bauern, der ihm zusteht, lassen. »Ein grober Schnitzer, der mir einfach so passiert ist«, wird er später zu Sjef sagen. Sjef hat viel Verständnis für Schnitzer. Er macht selbst oft welche.

Ja, er sagt kein »Schach«, sondern gibt den Bauern zurück. Dann kann er Remis anbieten. Und dann werden sie die Partie zu zweit durchnehmen. Sie werden leise miteinander reden, miteinander lachen. Sie werden sich verstehen. Zwei Schachspieler mit Verständnis füreinander.

Frits zögert nicht lange, er tut es.

Sofort nachdem er es getan hat, sieht er die Katastrophe. Es ist kein großer, sondern ein gigantischer Schnitzer. Er gibt nicht einen Bauern weg, sondern eine Partie! Und unter diesen Umständen bringt auch das »Schach« nichts mehr.

Das Mädchen sitzt nun aufrecht hinter dem Brett.

Verzweiflung steigt in Frits auf. Ihre Nasenflügel sind weit gebläht wie bei einem Raubtier, das Blut riecht. Sie ist vom Reh zur Tigerin geworden – sie sieht prachtvoll aus. Die Zähne, mit denen sie sich auf die Lippe beißt, sind zu Reißzähnen geworden.

Noch sechs Züge lang versucht Frits, den plötzlichen Deichbruch zu verhindern. Dann legt er seinen König um. Er will ihr die Hand geben. Nun haben sie wenigstens viel zu besprechen, wenn sie die Partie durchnehmen.

Das Mädchen schaut die Hand nicht mal an. Sie hat nur Augen für ein anderes Mädchen, das plötzlich neben ihr steht und sie umarmt. »Du hast mich aber ganz schön warten lassen!«

»Hast du gesehen, wie er versucht hat zu gewinnen?«, fragt die Tigerin flüsternd.

»Na und ob!« Die andere nickt heftig. »Er hat dich immer angestarrt, um dich einzuschüchtern.«

Frits hört verblüfft mit offenem Mund zu. Sie reden neben ihm, als gäbe es ihn überhaupt nicht!

»Und wie demonstrativ er immer auf die Uhr geschaut hat«, schnaubt die Tigerin. »Damit ich ja merke, dass ich wenig Zeit habe.«

»Die reine Einschüchterung«, seufzt die andere. »Und sich dehnen, bevor er einen Zug macht, als würdest du ihn langweilen. Das hat er auch getan. Ekelhaftes Männerverhalten.«

»Ja, aber …«, sagt Frits.

»Man gewöhnt sich daran«, knurrt die Tigerin. »Das tun alle Männer, wenn sie gegen eine Frau spielen.«

»Aber du hast trotzdem gewonnen«, sagt die andere. »Es gibt doch noch Gerechtigkeit auf dieser Welt. Mach sie fertig, diese miesen Machos!«

Frits schweigt verbittert. Er ist überhaupt kein Macho. Wäre er auch nur etwas von einem Macho, dann hätte er gewonnen.

Ein richtiges Mädchen

Kochend vor Wut sitzt Frits an seinem Tisch. Schriftliche Prüfung im Turnen. Was denkt sich dieser Tarzan bloß!

»Eine ehrliche Chance für die weniger Begabten unter uns, noch ein Ausreichend zu bekommen«, hat er es genannt. Deshalb wird von Frits erwartet, dass er morgen alle möglichen Fragen über Kricket beantworten kann.

Oder ist es Krocket?

Frits schaut auf der Kopie nach. Nein, doch Kricket.

Was glaubt diese Martje nur! Noch deutlicher als sonst hat sie ihn heute übersehen.

Er ist ein Idiot! Er hätte ihr doch trotzdem gratulieren können, oder? Notfalls mit einem Schrei quer durch die Klasse: »Martje, herzlichen Glückwunsch zum fünfzehnten Geburtstag.«

Kricket. Frits macht sich nichts aus Kricket und er wird sich auch nie etwas daraus machen. Es ist ihm piepegal, ob man für Kricket einen Ball braucht oder Kegel, Schals, Spitzen oder Glocken. Nur für morgen muss er etwas über Kricket wissen. Für den Rest seines Lebens kommt er dann ohne aus.

Zum ersten Mal in seinem Leben hat er nichts mit Martjes Geburtstag zu tun. Früher hat sie ihn an ihrem Geburtstag immer geneckt. Steif und fest hat sie behauptet, nur ein Jahr älter und damit klüger zu sein als er. Einen

Monat lang konnte sie das durchhalten, dann hatte Frits sie wieder eingeholt.

»Kricket gilt als das Spiel, das besonders …« Widerwillig schiebt Frits die Kopie zur Seite. Sie flattert zu Boden.

Morgen wird er zum ersten Mal in seinem Leben bei einer Klausur ein Ungenügend bekommen. Einmal muss man das doch mitgemacht haben. Vor seinem fünfzehnten Geburtstag muss man so etwas einmal erlebt haben.

Fünfzehn! Das ist ungefähr der wichtigste Geburtstag im Leben. Fünfzehn werden ist wichtiger als die Hundert zu erreichen. Murrend steht Frits auf. Er geht und kauft Blumen.

Martje macht ihm selbst die Tür auf. Sie weicht zurück, als sie Frits hinter dem Blumenstrauß sieht.

»Hier!«, sagt er.

Automatisch nimmt sie die Blumen an.

»Es ist mir egal, was du mit ihnen tust. Von mir aus kannst du sie gleich in den Mülleimer werfen, aber ich wollte dir zeigen, dass ich an deinen Geburtstag gedacht habe. Weil es lächerlich wäre, wenn ich nicht an deinen Geburtstag gedacht hätte.«

»Oh … also … danke. Nun … danke.«

Sie redet mit ihm! Da brechen die Worte aus Frits heraus wie aus einem explodierenden Vulkan. »Und ich will dir auch sagen, dass ich dir die Blumen am liebsten um die Ohren schlagen würde. Du tust so, als würdest du mich nicht mehr kennen. Das ist natürlich deine Sache, aber du kannst nicht so tun, als wäre das selbstverständlich. Denn das ist es nicht. Ich kapiere jedenfalls nichts.

Ich würde gerne denken: Das ist mir alles egal. Aber leider kann ich das nicht denken.«

»Nicht so laut«, flüstert Martje. »Jeder kann es hören.«

»Das ist mir scheißegal!«, brüllt Frits.

Die Tür zum Wohnzimmer geht auf. Sehr erschrocken schaut Martjes Vater heraus. Er nickt Frits zu, dann schließt er die Tür hastig.

»Jeder darf es hören, dass du mir etwas schuldig bist! Eine Erklärung!«

»Also gut. Aber nicht hier. Komm!« Martje packt ihn am Ärmel.

Sie brauchen nicht lange zu überlegen, wo sie hingehen könnten. Wie von selbst laufen sie in Richtung Teich, einem ihrer früheren Lieblingsplätze. Martje hat noch immer den Blumenstrauß in der Hand. Sie gehen dicht am Wasser entlang. Martje voran.

»Nun?«, knurrt Frits. »Willst du mir nicht endlich was sagen?«

»Weißt du eigentlich, was du zu mir gesagt hast?«, schnauzt Martje.

»Wenn du endlich mal erzählst, um was es geht, vielleicht schon«, schnauzt Frits zurück.

»Du hast gesagt, dass ich kein Mädchen bin.«

»Ich?«

Martje nickt. »Richtigen Mädchen hast du nicht sagen können, dass du in alle gleichzeitig verliebt bist. Aber mir schon. Jetzt werde ich dir mal was sagen! Ich laufe nicht den ganzen Tag herum und gebe mit irgendwelchen verlockenden Formen an.« Martje bewegt wild die Schultern. »Aber ein Mädchen bin ich. Lebendig. Als du das gesagt hast, habe ich gedacht: Er weiß nicht mal, was ich bin. Dann kann er überhaupt nicht wissen, wer ich bin. Und das nach so vielen Jahren. Dann ist es besser, wenn wir nichts mehr miteinander zu tun haben.« Sie dreht sich um. »Und das finde ich immer noch! Bleib doch mit deinen Blumen, wo du willst!« Sie drückt Frits den Strauß in die Arme. »Du kannst sie von mir aus auch aufessen.«

Frits hat nicht gewusst, dass Blut in den Ohren kochen kann. Wie von selbst drückt er die Blumen zurück. Martje schwankt. Der Länge nach plumpst sie in den Teich. Ernüchtert sieht Frits zu, wie sie herauskrabbelt. Er streckt die Hand aus, um ihr zu helfen. Martje greift nach der Hand.

»Das hast du mit Absicht getan!«, brüllt sie. Und dann zieht sie.

Tropfnass starren sie einander an. Martje fummelt an ihrem Knoten herum. Der fällt auseinander, in lange, tropfende Haare. »Pfui Teufel, was für ein dreckiges Wasser«, murrt sie.

»Es stinkt.«

Frits starrt Martje an. Ihre Haare sind nicht so lang wie Elkes, aber mindestens genauso schön. Wenigstens dann, wenn sie trocken und sauber sind. Und er sieht noch etwas, nun, da Martjes weiter Kittel an ihrem Körper klebt. Sie ist wirklich ein Mädchen, lebensecht und überdeutlich.

»Warum«, fragt Frits, »trägst du eigentlich immer so seltsame Kleidung?«

»Der Schlag soll dich treffen!«, sagt Martje böse. Sie sieht, wohin er schaut. Dann grinst sie. »Du könntest es eigentlich wissen. Erinnerst du dich noch, wie sie mich früher genannt haben: die Gans mit der Geige und den Zöpfen?«

»Nein«, sagt Frits, »das weiß ich nicht. Das bist du auch nie gewesen, wenn du mich fragst.«

»Für dich nicht, aber für die anderen schon.«

»Für andere wie den dicken Bert?«

»Du erinnerst dich noch an ihn?« Martjes Stimme wird lauter vor Verblüffung. »Er war einer von den Schlimmsten, ja. Er hat mich an den Haaren über den Schulhof gezogen und dabei geschrien: ›Martje liebt ihre Geige, weil sie so platt ist wie ein Geigenbogen.‹«

»Daran erinnere ich mich nicht«, sagt Frits nach einer kleinen Stille.

»Später war ich nicht mehr so platt wie ein Geigenbogen. Das hat mich aber überhaupt nicht gefreut. Für was brauchte ich diese Erbsen, die nicht aufhörten zu wachsen?«

Frits tut sein Bestes, aber er kann seinen Blick unmöglich von ihr wenden. Er muss an Regentropfen auf einer Fensterscheibe denken. Nun ja, ziemlich große Tropfen.

»Erst bin ich nur ein bisschen krumm gegangen, die Schultern nach vorn. Dann zeichneten sie sich unter einem T-Shirt nicht so ab. Meine Mutter hat den ganzen Tag an meiner Haltung rumgemeckert. Vielleicht weißt du das noch?«

Frits schüttelt den Kopf.

»Ach, vermutlich nicht. Du hast nie besonders viel mitbekommen.«

»Aber jetzt schon«, sagt Frits.

Darüber muss sie laut lachen. Dann zieht sie die Schultern hoch. Die Regentropfen bewegen sich langsam. Martje schaut an sich hinunter. »Richtig froh bin ich nie mit ihnen gewesen. Was soll ich mit diesen Dingern?«

Sie sind schön, will Frits sagen, aber er tut es doch nicht.

»Ich war immer die Gans mit der Geige, und in der sechsten Klasse hatte ich absolut keine Lust, die Gans mit der Geige und den Brüsten zu werden. Damals entdeckte ich ein phantastisches Kleidungsstück: den Kittel. Und so ist es geblieben.«

Frits nickt zum Zeichen, dass er sie versteht.

Sie waten zum Ufer. Martje ist als Erste aus dem Wasser. Sie reicht Frits beide Hände, um ihm hoch zu helfen. Sie hält seine Hände noch fest, als sie zusammen am Ufer stehen. Langsam legt sie sie auf ihre Brüste. Nur einen Moment, dann schiebt sie sie weg.

Sie deutet auf das Wasser. »Dort schwimmen meine Blumen«, sagt sie mit einer Kinderstimme. »Kommst du zu meiner Geburtstagsfeier?«

»Erst muss ich mir trockene Sachen anziehen«, sagt Frits.

Ein Gedicht

Sjef spricht in Niederländisch schon lange über den Dichter Gijsbrecht van Aemstel. Jetzt geht es um den Deus ex machina: Die Lösung ergibt sich nicht logisch aus den Tatsachen in dem Theaterstück, sondern wird durch einen Eingriff von außen bewirkt.

»In unseren Augen«, sagt Sjef, »ist das vielleicht eine etwas armselige Lösung. In Fernsehserien würde es nie auf diese Art passieren. Die meisten Zuschauer würden sich heute betrogen fühlen, wenn ein Engel aus dem Himmel herniederkäme, um dem Kommissar klar zu machen, wer den Mord begangen hat. Aber ...«

Zwei Plätze vor Frits sitzt Martje. Er betrachtet ihren Haarknoten. Natürlich ist der so dick, weil ihre Haare so lang sind. Nicht sehr intelligent von ihm, dass er das nicht vorher kapiert hat.

Martje macht ab und zu Notizen zu dem, was Sjef sagt. Bald ist sie die Einzige in der Klasse, vermutet Frits. Er selbst hat sich auch zurückgezogen. Die Klasse ist erfüllt von Trägheit. Wegen der Hitze? Hitze in Kombination mit Gijsbrecht? Oder wegen Gijsbrecht allein?

Frits beobachtet gespannt, wie Martje sich am Nacken kratzt. Sie gehen schon wieder seit einer Woche ganz normal miteinander um, wie früher.

Nein, das ist nicht wahr. Sie vermeiden es sorgsam, über sich selbst zu sprechen. Er tut krampfhaft so, als wäre nichts passiert. Er versucht, so zu tun, als ob alles genau wie früher wäre. Und Martje geht es ähnlich, vermutet er.

Martje macht auch keine Notizen mehr, sieht Frits. Langsam kapiert er, woran das liegt. Sjef sagt nichts mehr.

Er schaut sich in der Klasse um, die langsam ein bisschen lebhafter wird.

»Dass ich etwas erklärt habe«, sagt Sjef, »habt ihr nur dadurch bemerkt, dass ich jetzt schweige. Nicht dass mir das etwas ausmacht. Macht euch bitte keine Sorgen.«

»Der Herr ist böse. Der Herr ist betrübt«, sagt Hannah.

»Betrübt?« Sjef schüttelt erstaunt den Kopf. »Im Gegenteil. Ich bin froh. Das macht einen Mann aus mir, der Perlen vor die Säue wirft. Das ist wunderbar für das Selbstbewusstsein eines Lehrers. Seine naturgegebene Überlegenheit …«

Der Rest seiner Worte geht in Zischen und Buhrufen unter. Sjef hebt den Arm und es wird still. »Ihr habt euch nicht richtig für Gijsbrecht van Aemstel erwärmt, das habe ich wohl gemerkt. Ich hoffe, ihr könnt etwas mehr Interesse für eine andere Perle aufbringen, die ich euch vorwerfen will.« Er macht seine Tasche auf. »Ein anonymes Gedicht, das ich vor ein paar Tagen im Briefkasten für die Schülerzeitung gefunden habe.«

»Anonym?«, fragt George. In der Schülerzeitung stehen manchmal Gedichte von ihm, die Frits nie ganz verstanden hat.

Sjef nickt. »Ein großartiges Gedicht, meiner Meinung nach. Aber es kommt nicht in die Schülerzeitung.«

»Seltsam«, meint Hein.

Sjef grinst. »Das finde ich auch. Ein anderes Redaktionsmitglied hatte zu meiner Überraschung ernsthafte Bedenken. Dieses Gedicht sei – so der Einwand – vollkommen ungeeignet für die Schüler der niedrigeren Klassen, die die Schülerzeitung ja auch in die Hände bekommen. Es könnte ihre Seelen ernsthaft in Verwirrung bringen.«

»So etwas kann nur das ›Unbefleckte Herz‹ gesagt haben«, sagt Hannah.

»Dieses Redaktionsmitglied schaltete die Direktion der Schule ein. Selbstverständlich fand unser großmütiger Direktor, dass der Poesie keine Grenzen gesetzt werden dürfen. Doch andererseits hielt er es nicht für ausgeschlossen, dass der eine oder andere Elternteil des einen oder anderen Schülers protestieren würde. Sodass es vielleicht wirklich weise wäre, von einer Publikation abzusehen.«

»Dann ist es ein unanständiges Gedicht.« Das kommt von irgendwo aus der hintersten Reihe.

Sjef schüttelt den Kopf. »Im Gegenteil, würde ich sagen. Ich finde es sehr keusch. Da es nun nicht in die Zeitung kommt, lese ich es in allen Klassen vor, in denen ich Unterricht habe. Als Ehrerbietung für den mir unbekannten Dichter. Die Dichterin, muss ich wohl sagen. Denn es ist, glaube ich, fraglos von einer Frau geschrieben.« Er nimmt ein Blatt Papier aus der Tasche. »Es heißt ›Evas Apfel‹.«

»Wie?«, fragt Deborah laut.

Sjef seufzt. »Poesie setzt manchmal einige Kenntnisse voraus. Der Bibel zufolge hat Eva im irdischen Paradies Adam dadurch verführt, dass sie ihm einen Apfel angeboten hat, der vom Baum der Erkenntnis stammt. Und nach dieser kulturhistorischen Erklärung steht einem Vorlesen des Gedichts nun hoffentlich nichts mehr im Wege.«

Er räuspert sich und liest dann mit leiser Stimme:

»Schau meine Brüste:
eine Birne und eine Birne.
Also komm,
so komm doch.
Und sündige wieder.«

»Sündigen«, murmelt Hein. »Ja, wenn man das dürfte.«

»Gefällt Ihnen das Gedicht wirklich so gut?«, fragt George streitlustig.

Es wird noch mehr gesagt und gerufen. Doch Frits hat nur noch Augen für Martjes eines Ohr, das er sehen kann. Ein schön geformtes Ohr. Das fällt ihm auf, weil es jetzt so rot ist.

Ein röteres Ohr hat Frits noch nie im Leben gesehen. Seine eigenen Wangen glühen.

Martje dreht sich kurz um. Sein Gesicht wird doch nicht so rot sein wie ihres?

Das Lächeln um ihren Mund ist so winzig, dass man es nur erkennt, wenn man zuerst in ihre Augen gesehen hat.

Martje schaut wieder vor sich hin.

Wenn nur niemand etwas gemerkt hat von seinem und ihrem Rotwerden.

Der Vater hat Recht: Poesie ist das Schönste, was es gibt.

Bis auf Martje, natürlich.

Das *Leben* ist eine *Wundertüte!*

Die erste Warze ihres Lebens – Anastasia ist begeistert! Ob Washburn Cummings ihre Warze auch mögen wird? Washburn ist schon in der sechsten Klasse und der absolut coolste Typ an der Schule. Anastasias Freundin Jennifer findet zwar, dass Washburn nicht zu ihr passt, aber Anastasia weiß, dass sie total in ihn verliebt ist. Immerhin hat sie schon von ihm geträumt! Überhaupt sind die ersten Monate nach Anastasias zehntem Geburtstag überaus turbulent!

Ausgerechnet Robert mit seiner blöden Aktentasche interessiert sich seit neuestem brennend für Anastasia. Außerdem wollen ihre Eltern in die Vorstadt umziehen, wo alle Frauen mit rosa Lockenwicklern rumlaufen und ihren Familien ekelhafte Fertiggerichte vorsetzen. Anastasia ist völlig entnervt! Umso mehr überrascht es sie, dass das Leben in der Vorstadt gar nicht so übel ist. Vor allem als sie Steve trifft, den Jungen mit den unglaublich blauen Augen. Auch ihre Party im neuen Haus wird ein voller Erfolg – obwohl die Gäste höchst ungewöhnlich sind!

Loewe

Bücher mit Themen, die unter die Haut gehen – für Leser ab 14

Jean Ferris
Wir werden das Kind schon schaukeln
OMNIBUS Nr. 20214
Als die 17jährige Daphne schwanger wird, will sie zunächst abtreiben, beschließt aber dann, das Kind auszutragen und danach zur Adoption freizugeben. Neue Freunde helfen ihr, ihr Leben in die eigene Hand zu nehmen – auch mit Kind.

Robert Griesbeck
Nur keine Panik, Kutti
OMNIBUS Nr. 20213
Kutti ist verliebt. Aber nicht in die blonde Marion, sondern in Steffi, an die er aber nicht herankommt. Aber seine Unschuld raubt ihm ganz unerwartet die freche Annabell ... Ein mit Sprachwitz, Tempo und Augenzwinkern geschriebener Roman über »das erste Mal«.

Robert Lipsyte
k.o. Das Leben ist härter als die Faust
OMNIBUS Nr. 20210
Sonny Bear, 17, halb Indianer, halb Weißer, wurde zum Boxer ausgebildet. Aber er will lieber zur Armee, wo er sich rassische Chancengleichheit erhofft. Auf der Suche nach seiner Mutter, deren Unterschrift er braucht, gerät er in die Fänge einer Drogendealer-Bande und verliebt sich in die süchtige Doll ...

Heiko Neumann
Schweigemund
OMNIBUS Nr. 20139
Jahrelang hat Nadine ein Geheimnis mit sich herumgetragen. Ihr Stiefvater hatte ihr einen Schweigemund auferlegt, ihr mit Strafen gedroht. Doch als sie 13 war, hat Nadine das Geheimnis preisgegeben: daß sie sexuell von ihm mißbraucht worden ist ... Ein kompetentes Buch, das Hilfe und Aufklärung leistet und ein Adressenverzeichnis von Beratungsstellen enthält.

Harald Tondern
Der Einsatz. Stell Dir vor, es ist Krieg, und Du mußt hin!
OMNIBUS Nr. 20140
Ein aktuelles Thema: Deutsche Soldaten nehmen an einem bewaffneten UNO-Einsatz teil. – Die Bundeswehreinheit von Max wird zum UNO-Einsatz in Tibet ausgewählt und gerät dort in einen wirklichen Waffengang. Verluste und Geiselnahmen sind die Folgen. Schließlich ergreifen drei Frauen die Initiative zur Befreiung, während die Militärführung nur hinhaltend taktiert ...

OMNIBUS

Der Taschenbuchverlag für Kinder und Jugendliche
von C. Bertelsmann